Mein dänischer Schatz

. Roman.

Band 2

William Clark Russell

Writat

Diese Ausgabe erschien im Jahr 2024

ISBN: 9789359943374

Herausgegeben von
Writat
E-Mail: info@writat.com

Inhalt

KAPITEL I.

DER „FRÜHE MORGEN".

Ich erzählte meine Geschichte, und die drei hörten aufmerksam zu. Ihre Augen glühten im Lampenlicht, als sie mich anstarrten. Der schwache Wind erzeugte ein angenehmes Summen am Bug, und der Lugger schlich in schwimmenden Barkassen durch die Dunkelheit über die lange, unsichtbare Dünung des Atlantiks hinweg.

„Ah!", sagte der Steuermann, als ich fertig war, „wir haben von dem Job mit dem Tintrenale-Rettungsboot gehört, als wir in Penzance waren. Und Sie waren also ihr Steuermann?"

„Sind die Leute im Boot ertrunken?", rief ich eifrig. „Können Sie mir Neuigkeiten über sie geben?"

„Nein, Sir", antwortete er. „Als wir losfuhren, lagen uns keine Einzelheiten vor. Wir erfuhren nur, dass in der Bucht von Tintrenale ein Rettungsboot neben einem Schiff festsaß. Und das ist kein Wunder, sagte ich zu meinen Kameraden, als ich das hörte. Ich kann mich nicht an eine Nacht wie diese erinnern."

„Wie hieß der Däne noch mal?", fragte einer der mir gegenübersitzenden Kerle, während er eine kurze Tonpfeife an der Flamme eines Streichholzes anzündete, das er geschickt in seiner Hand vor dem Wind schützte, als wäre seine Faust eine Laterne.

„Die *Anine* ", antwortete ich.

„Sieht aus wie eine schwarze Barke, nicht wahr?", fuhr er fort. „Ein Kapitän mit kleinen Augen und einem Bart wie eine Ziege! Aber ja! Das muss die Barke dort sein, Tommy, die vor zwei Jahren gesunken ist. Pigsears Hall, Stickenup Adams und ich haben zusammen mit ihr einen netten kleinen Job gemacht."

„Da hast du ganz recht", sagte Helga leise. „Ich war damals an Bord des Schiffes. Der Kapitän war mein Vater."

„Oh, wirklich, Mama!", sagte der Kerl, der das Schiff steuerte. „Und er ist tot! Armer alter Herr!"

„Was ist das für ein Boot?", sagte ich, um dieses Mitgefühl abzukürzen.

„Die *Airly Marn* ", sagte der Steuermann.

„Am *frühen Morgen* ! Und von welchem Teil der Küste, bitte?"

„Nun, ich glaube, Sie sehen, Sir, dass sie aus Deal stammt“, antwortete er. „Soweit ich weiß, gibt es sonst niemanden, der ihr ähnlich wäre.“

„Und was machst du unten in diesem Teil des Ozeans?“

„Na“, sagte er, nachdem er über das Heck gespuckt und sich mit der Hand über den Mund gefahren hatte, „wir fahren nach Australey.“

Wohin gehen ?“, rief ich, weil ich glaubte, ihn falsch verstanden zu haben, während Helga aus ihrer hängenden Haltung aufsprang und sich umdrehte, um mich anzusehen.

„Nach Sydney, New South Wales, das in Australey liegt“, rief er aus.

„In diesem kleinen offenen Boot?“

„Dieses kleine offene Boot!“, wiederholte einer der anderen. „Die *Airly Marn wiegt* achtzehn Tonnen, und wenn sie nicht groß genug und gut genug ist, um drei Männer nach Australey zu bringen, gibt es nichts auf dem Wasser, das ihr zeigen könnte, wie es geht!“

Im Licht der schwach brennenden Laterne auf dem Boden des Bootes versuchte ich anhand ihrer Gesichter zu erkennen, ob sie ernst sprachen oder ob sie tatsächlich unter dem Einfluss früherer Schlucke Alkohol standen als der Dosis, die sie aus unserem Krug geschluckt hatten.

„Ist das euer Ernst, Männer?“, sagte ich.

„Airnest!“, rief der Mann am Ruder mit erstauntem Ton, als wundere er sich über mein Erstaunen. „Aber natürlich sind wir das! Was ist los mit uns, dass wir nicht nach Australien fahren?“

Ich blickte auf das kurze Stück dunklen Stoff und dann hinauf auf das schwarze Quadrat des Luggersegels.

„Was bringt Sie in einem Deal-Lugger nach Australien?“, sagte ich.

Der Mann, den seine Kameraden Abraham nannten, antwortete: „Wir bringen dieses Boot hier für den Herrn, der es gekauft hat, in die Werkstatt. Wir waren zu dritt und ein Junge, aber der Junge wurde in Penzance krank und wir sind ohne ihn abgereist.“

Er hielt inne. Der Mann, der neben ihm saß, fuhr mit tiefer Stimme fort:

„Ein Herr aus Lunnon hat diese *Airly Marn* wegen einer Schuld übernommen. Als er sie bekam, wusste er nicht, was er mit ihr anfangen sollte. Es hatte keinen Sinn, sie am Strand verrotten zu lassen, also machte er sich auf den Weg und bot sie zur Auktion an. Es gab jedoch kein Gebot.“

„Kein Versuch!“, wiederholte der Mann am Steuer.

„Kein Gebot, sage ich", fuhr der andere fort, „und warum? Erstens gibt es in Deal kein Geld, und zweitens sind die Tage dieser Logger gezählt. Nun, dieser Herr hier wurde von einem australischen Freund besucht, der, als er von der *Airly Marn hörte*, sagte, er sei bereit, sie *für* eine gewisse Summe zu kaufen. Wie hoch diese Summe sein könnte, kann ich nicht hier *erfahren* ."

„Fünfzig Pfund, gebe ich zu", sagte der Mann namens Tommy. „Manche sagen, sie sei weggeschmissen worden. Ich habe von dreißig Pfund reden hören. Aber ich nenne es fünfzig."

„Nennen wir es fünfzig!", rief der Kerl, der steuerte.

„Also", fuhr der erste Sprecher mit besonders harscher Stimme fort, „dieser Herr hier hat die *Airly Marn gekauft* , kommt nach Deal und gibt bekannt, dass er ein paar Männer braucht, um sie nach Sydney zu bringen. Die Sache wurde besprochen. Wie viel würde er geben? Also, er würde zweihundertfünfzig Pfund geben, und diejenigen, die den Auftrag übernehmen, könnten sich einen beliebigen Anteil des Geldes zuteilen. Ich war dafür, sechs Anteile zu machen. Abraham sagt nein, vier reichen. Tommy sagt drei pro Junge. Das sind fünfundsiebzig Pfund pro Mann und fünfundzwanzig Pfund für den Jungen; aber da der Junge krank wird, gehört sein Anteil uns."

„Und Sie meinen, 75 Pfund pro Person wären genug Lohn für ein so riskantes Unterfangen wie kein anderes?", rief ich.

„Wäre es doch nur schon gerichtet", sagte Abraham. „Genug Lohn? Oje, und gutes Geld, ja, in Zeiten wie diesen."

„Wie weit sind wir von der englischen Küste entfernt?", fragte Helga.

Der Mann namens Jacob antwortete nach einer kurzen Stille: „Ich schätze, Land's End liegt ungefähr 180 Meilen entfernt."

„Die Rückkehr würde nicht lange dauern!", rief sie aus. „Wollen Sie uns nicht an Land bringen?"

„Was? An der englischen Küste, Mama?", rief er.

Ich sah, wie er uns ernst ansah, als ob er anhand unserer Kleidung unseren Zustand erkennen wollte.

„Es ist ein weiter Rückweg", fuhr er fort. „Und was, wenn der Wind", fügte er hinzu und blickte zum Himmel auf, „uns vorantreibt?"

„Wenn der Herr dafür sorgen würde, dass es sich für uns Männer lohnt –", unterbrach ihn Tommy.

„Nein, nein!", rief Abraham, „wir wollen nichts aus der Not eines Mitmenschen machen. Wir haben dich gerettet, und das ist eine gute Sache.

Als nächstes müssen wir dich an Bord des ersten heimwärts fahrenden Schiffes bringen, das wir finden. Ich bin dafür, alles zu behalten. Hier in der Gegend gibt es viele Schiffe, und du wirst nicht warten müssen. Aber um wieder zur englischen Küste aufzubrechen –" Ich sah, wie er heftig mit dem Kopf in Richtung der Sterne nickte. „Es ist ein langer Weg nach Australien, Meister, und keiner von uns berührt einen Penny, bis wir dort ankommen."

Ich saß da und dachte eine Weile nach. Mein erster Impuls war, den Kerlen eine Belohnung anzubieten, wenn sie uns an Land bringen würden. Dann dachte ich – nein! Sie könnten zu viel verlangen, und tatsächlich muss alles, was sie erwarten, zu viel für mich sein, für den fünf Pfund eine beträchtliche Summe waren, obwohl, wie ich Ihnen erzählt habe, das geringe Einkommen meiner Mutter für uns beide ausreichte. Außerdem wäre das Geld, das diese Männer verlangen könnten, viel besser für Helga bestimmt, die alles verloren hatte, außer dem, was sie besaß – die in England keinen Freund hatte außer mir und meiner Mutter, die von ihrem Vater ohne einen Pfennig zurückgelassen worden war, mit einer erbärmlichen Summe an Versicherungsgeldern, die sie viele lange Tage lang nicht bekommen würde, und die, tapferes Herz!, daher die Börse meiner Mutter brauchen würde, um ihre Garderobe neu auszustatten und sie nach ihrer dänischen Heimat einzuschiffen, wenn es *jetzt tatsächlich* ein Zuhause für sie in Kolding geben würde.

Diese Überlegungen gingen mir mit der Geschwindigkeit eines Gedankens durch den Kopf. Andererseits waren wir nicht mehr an Bord eines stehenden Floßes, sondern in einem flinken kleinen Lugger, der uns jede Stunde in eine neue Meeresgegend trug; und wir konnten daher sicher sein, bald auf einen heimwärts fahrenden Dampfer zu treffen, der uns in einem Zehntel der Zeit, die der Lugger brauchte, nach England bringen würde, und das viel bequemer und sozusagen zum Preis von ein paar Schilling. Andererseits war ich zu dankbar für unsere Rettung, zu froh und freudig über unsere Rettung aus der schrecklichen Zukunft, die gerade vor uns lag, als dass ich den Männern Vorwürfe machen, mich ihrem Wunsch widersetzen wollte, ihren Weg fortzusetzen, kurz gesagt, ein Wort sagen konnte, das sie glauben machen könnte, ich hielte unsere bloße Rettung vom Floß nicht für Glück genug.

„Es würde doch nicht sehr lange dauern", flüsterte Helga mir ins Ohr, „mit diesem Boot nach Penzance zurückzusegeln?"

Ich wiederholte mit für die anderen unhörbarer Stimme die Überlegungen, die mir gekommen waren.

„Sehen Sie doch mal!", brüllte einer der Bootsführer und deutete mit einer schattigen Hand in die Dämmerung auf die Leeseite. „Es gibt viele Schiffe wie sie, denen man begegnen kann; nur fährt *sie* in die falsche Richtung."

Ich spähte und erspähte die grünen Seiten- und weißen Mastlaternen eines Dampfers, der etwa eine Viertelmeile entfernt über das Wasser fuhr. Ich konnte schwach den schwarzen Umriss erkennen, der wie ein Tintenfleck in der Dunkelheit aussah, und die Rauchlinie vor den Sternen, mit hin und wieder einem kleinen Lichtblitz an der Trichtermündung, der, während er dort hing, als blutrotes Antlitz des Mondes hätte durchgehen können, der aus einem stürmischen Himmel starrte.

„Sieh mal, Helga!", rief ich. „Es gibt viele wie sie, wie dieser Mann sagt. In ein paar Stunden, so Gott will, sind wir vielleicht wieder sicher an Bord!" Und ich senkte meine Stimme, um hinzuzufügen: „Wir können nichts Besseres tun, als zu warten. Unsere Freunde hier werden froh sein, uns loszuwerden. Wir müssen nicht befürchten, dass sie uns auch nur einen Moment länger festhalten, als es sich vermeiden lässt."

„Ja, du hast recht", antwortete sie, „aber ich möchte deinetwegen schnell zurückkehren – deiner Mutter zuliebe, Hugh."

Als sie meinen Namen sanft aussprach, klang es angenehm in meinem Ohr. Ich tastete nach ihrer Hand, drückte sie und flüsterte: „Noch ein bisschen Geduld, dann sind wir wieder zu Hause. Jetzt ist alles gut bei uns."

Die Lichter in Lee glitten lautlos voran und wurden am Bug schwarz. Einer der Bootsmänner gähnte mit dem Brüllen einer Kuh.

„Ich gebe zu, dass mich jetzt nichts mehr von meiner Koje fernhält", sagte er. „Hoffentlich gibt es keine Flöße mehr, gegen die ich rennen könnte."

„Ich möchte diese Dame unter Schutz stellen", sagte ich.

„Das ist ganz leicht!", rief Abraham. „Es gibt eine schöne kleine Vorpiek und eine Koje darin an der Back."

Helga erklärte hastig, sie habe genug geschlafen. Ich merkte, dass das Feingefühl unserer Freunde aus Deal nicht so weit ging, zu bemerken, dass Helga die Vorpiek bewohnte, diese ihr und nur ihr gehören müsse; aber eine Diskussion über diesen Punkt war jetzt nicht mehr möglich; also blieb sie, wo sie war, der Bootsmann, der gegähnt hatte, ging nach vorn, und nach ein paar Minuten ertönte sein Schnarchen in einem Geräusch wie das Knirschen eines Bootskiels über den Kieselsteinen seiner Heimatstadt.

Diese dunkelsten Stunden der Nacht vergingen langsam. Die Brise wehte, der scharfe Bug des Loggers riss durch das ruhige Wogen des Ozeans, und ich wartete auf die Morgendämmerung, ohne zu bezweifeln, dass Helga und ich in noch nicht einmal sechzig Stunden aus dem Boot und an Bord eines heimwärtsfahrenden Schiffes sein würden. Der einfachen Unterhaltung der beiden Männer, ihren merkwürdigen Redewendungen aus der Hafenstadt, dem rauen Mitgefühl, das sie durch ihre Sprache zu vermitteln suchten, war ein Vergnügen anzuhören. Meine Erfahrungen waren so gewesen, dass es mir, obwohl sie fünf Tage umfassten, vorkam, als wäre ich sechs Monate von zu Hause weg gewesen. Die Gespräche drehten sich hauptsächlich um diese gewagte, außergewöhnliche Reise nach Australien in einem Boot, das wirklich nichts weiter als ein offenes Boot war. Die Aufregung und Freude über unsere Rettung war zu einem gewissen Grad verflogen. Ich konnte ruhig nachdenken und mich mit Interesse anderen Dingen widmen als unserem Überleben, unseren Leiden und, kurz gesagt, uns selbst. Und was konnte mich mehr interessieren als dieses einzigartige Unterfangen der drei Bootsmänner?

Ich erkundigte mich, welche Lebensmittel sie im Angebot hatten.

„Na ja", sagt Abraham, „wir haben Rind- und Schweinefleisch und Schiffsbrot und andere Kost dieser Art."

„Werden Sie in irgendeinem Hafen anlegen?"

„Oy, wenn es nötig ist, Meister."

„Es ist Not! Ihnen wird bestimmt das Wasser und die Nahrung ausgehen!"

„Auf See gibt es genügend Schiffe, die uns weiterhelfen können, Meister."

„Wie lange werden Sie voraussichtlich für die Fahrt brauchen?"

„Ein oder fünf Monate", antwortete Abraham.

„Oy, und vielleicht sechs", sagte Jacob.

„Wer ist der Kapitän?", fragte ich.

„Hier gibt es keine Abschlüsse", antwortete Abraham, „zumindest jetzt, wo der Junge krank geworden und zurückgeblieben ist."

„Aber wer von Ihnen ist dann Navigator?"

„Ja", sagte Abraham. „Das heißt, ich habe einen Quadranten dabei und weiß, wie man mittags erkennt, wie viel Uhr es ist. Das ist es, was sie braucht, um den Breitengrad zu bestimmen. Was den Längengrad angeht, überlässt sie sich am besten der Log-Linie."

„Das ist sie", sagte Jacob.

„Und Sie zweifeln nicht daran, den Hafen von Sydney genau zu treffen, ohne sich Gedanken über Ihren Längengrad zu machen?"

„Kein Zweifel", sagte Abraham.

„Oder wenn doch ein Zweifel aufkommen sollte, dann heben Sie den Baumstamm hoch, sage ich", unterbrach ihn Jacob.

Ihre Art zu sprechen warnte mich, mein Erstaunen zu verbergen, das unter anderen Umständen nicht ohne Heiterkeit hätte sein können. Sie erzählten mir, sie hätten Penzance am Montagmorgen verlassen, als es noch stark wehte. „Aber wir sahen, dass die Brise nachließ", sagte Abraham, „und so gab es keinen Grund, anzuhalten, um den Anker zu holen." Doch kaum waren sie außer Sichtweite des Landes, als sie ihren Mast in einer sehr flachen See einholten. „Es hatte keinen Sinn, gegen diese See und Brise zurückzuholen", sagte Abraham. „Also stellten wir unseren Ersatzmast auf und legten den Verletzten an seinen Platz. Aber wenn der Anker vor dem Kap so schlimm ist, wie ich gehört habe, müssen wir, das gebe ich zu, eine Mastausrüstung aus Spieren brauchen, wenn wir Australey erreichen wollen. Und wir müssen uns dann mit einem Schiff treffen, das uns nützlich sein kann."

Wenn man bedenkt, dass sie Seefahrer waren, war dieses unglaubliche Vertrauen in Glück und Zufall nicht weniger wunderbar als das Abenteuer, das sie antraten. Aber es war meine Aufgabe, Fragen zu stellen und zuzuhören, nicht zu kritisieren.

„Sie werden Australien nie erreichen", flüsterte Helga.

„Sie sind englische Seeleute", sagte ich leise.

„Nein, Hugh – Bootsleute", sagte sie und nannte mir meinen Namen so selbstverständlich, als wären wir Bruder und Schwester. „Und was werden sie ohne Längengrad tun?"

„Sie tasten sich voran", flüsterte ich, „wie die frühen Marinesoldaten, die in ihren „Barken", wie sie sie nannten, alles erreichten, was Seemannschaft und Entdeckungsreisen betraf. Im Vergleich zu diesen ist dieser Lugger so etwas wie ein Tausendtonnen-Schiff im Vergleich zu einem Gravesend-Boot."

Die beiden Bootsmänner führten gerade eine heisere Diskussion über die Überlegenheit gewisser Galeerenkähne von Deal, als die Morgendämmerung an der Backbordseite des Loggers anbrach. Das Meer färbte sich aschgrün und pulsierte immer dunkler vor der grauen Wand des östlichen Himmels, gegen die es sich in einer tintenschwarzen Linie abzeichnete. Ich sprang auf eine Ruderbank, um nach vorne zu schauen, und Helga stand neben mir; und wie auf der Barke und wie auf dem Floß standen wir nun zusammen und suchten den eisengrauen Himmel und die dunkle Horizontlinie nach jedem Fehler ab, der auf ein Schiff hindeuten könnte. Doch das Meer erstreckte sich kahl bis in seine Tiefen, den Kompass hinab.

Der Himmel im Osten hellte sich auf und die Meereslinie nahm ein stählernes Weiß an, doch in der Ferne, vor Sonnenaufgang, war auf dem zarten, horizontalen Schimmer des Wassers nichts zu sehen.

„Gibt es etwas zu sehen, Sir?", rief Abraham.

„Nichts", antwortete ich und stieg von der Ducht ab.

„Nun, Sie haben den ganzen Tag Zeit", sagte Jacob, der das Ruder übernommen hatte.

Jetzt, da es Tag geworden war, blickte ich zuerst auf Helga, um zu sehen, wie sie die bittere Zeit ertragen hatte. Ihre Augenlider waren schwer, ihre Wangen totenbleich, ihre Lippen blass, und in der zarten Höhle unter jedem Auge lag ein grünlicher Farbton, der dem Schatten ähnelte, den ein Frühlingsblatt werfen könnte. Es war klar, dass sie in den dunklen Stunden von Zeit zu Zeit heimlich geweint hatte. Sie lächelte, als sich unsere Blicke trafen, und ihr Gesicht wurde durch den Ausdruck sofort süßer und nahm die sanfte Schönheit an, die ich zuerst in ihr entdeckt hatte.

Als nächstes musterte ich meine neuen Begleiter. Der Mann mit dem Spitznamen Abraham sah aus wie ein Seemann und entsprach, wenn auch nicht gerade der Vorstellung, die man von einem herkömmlichen Hafenarbeiter hat. Er hatte scharfe Gesichtszüge, einen scharfen, eisengrauen, seewärts gerichteten Blick und ein Büschel rötlicher Bart stand ihm vom Kinn ab. Er war in Lotsenkleidung gekleidet, trug Ohrringe und auf seinem Kopf saß ein Filzhut mit Zuckerhut, der wie der eines Theaterbanditen aussah.

Jacob dagegen war die getreueste Kopie eines Bootsmanns aus Deal, die man auf dem Wasser hätte treffen können. Sein Gesicht war flach und breit, mit stellenweise ziegelroter Haut. Er hatte kleine, fröhliche, aber ziemlich trübe blaue Augen und ließ an einen Mann denken, der einem ohne große Gedächtnisanstrengung sagen könnte, wie viele Gasthäuser es in Deal insgesamt gibt. Er hatte die weißesten Zähne, die ich je bei einem Seemann gesehen hatte, und der Blick auf sie durch seine Lippen schien ein Lächeln auf sein Gesicht zu zaubern. Seine Kleidung bestand aus einer Pelzmütze, die so tief auf den Kopf gedrückt war, dass seine Ohren hervorstanden, einem gelben Ölzeugpullover und einem Paar derben Hosen aus Furrynaught, deren Enden in Gummistiefeln steckten.

Der dritte Mann, Thomas oder Tommy genannt, blieb immer noch außer Sicht, im Vorschiff. Man sieht oft auf einen Blick so viel, dass eine kurze Beschreibung mehrere Seiten füllen würde. In wenigen Blickbewegungen hatte ich diese beiden Männer und ihr kleines Schiff erfasst. Das Boot schien mir ein sehr schönes Exemplar des Deal-Luggers zu sein. Ihr Vorschiff bestand aus einem Vorschiff, dessen Deck in Form einer Plattform mehrere Fuß hinter der Schottwand angebracht war, die den Schlafraum begrenzte, und unter diesem Penthouse oder dieser Luke waren die Anker, Kabel und andere Ausrüstung des kleinen Schiffes verstaut. In der Mitte des Bootes befand sich, mit Ketten festgemacht, ein Ofen, mit einer Kiste unter dem „Floß", wie das Vorschiffdeck genannt wird, in der die Kochutensilien aufbewahrt wurden. Ich bemerkte Süßwasserfässer, die im Kielraum des Bootes verstaut waren, und ein Geschirrfass für das Fleisch in der Nähe des Vorschiffs. Genau mittschiffs lag ein kleiner dicker Kahn, etwa vierzehn Fuß lang, und an den Seiten der Duchten befanden sich drei Riemen oder lange Ruder, der Fockmast, der „gefedert" war, und ein Ersatzbugspriet. Diese Ausrüstung erfasste ich mit dem scharfen Auge eines Mannes, der im Herzen ein Bootsmann war.

Ein wirklich edles Boot für Kanalfahrten, für die kurzen, rauen Gewässer unserer schmalen Gewässer. Aber für die Reise nach Australien! Ich konnte nur staunen und staunen.

Das große Luggersegel verrichtete seine Arbeit vortrefflich; die Brise wehte von Steuerbord – ein angenehmer Wind, aber mit einer Härte im Wind, einer Starrheit aus kleinen, kompakten, hoch hängenden Wolken mit blauen Streifen dazwischen, die bei steigender Sonne eine winterliche Schärfe zeigten, die eine Auffrischung des Windes vor Mittag versprach. Unter dem stetigen Zug des Luggers surrte das leichte, helle Boot fröhlich hindurch, mit Schaumspritzern auf beiden Bugseiten und einem Streifen wollweißen Wassers auf beiden Seiten, das in sein Kielwasser spritzte und weit achtern auf und ab strömte.

Hätte ihr Bug in die andere Richtung gezeigt und hätte das düstere Grau der Küste von Cornwall bald auf der Meereslinie auftauchen können, hätte ich die freie, schwebende, luftige Bewegung des Loggers, der über die ruhigen Dünungshügel hinwegfegte, etwas Entzückendes gefunden, während seine Luvseite von den Wellen der kleinen Meere gestreichelt wurde, die in sportlicher, rasender Art neben ihm her liefen. Aber die Trostlosigkeit des Ozeans lastete wie eine Bedrückung auf meiner Stimmung. Ich rechnete damit, dass der Tagesanbruch einige Segel und hier und da den blauen Rauchstreifen eines Dampfers enthüllen würde; aber nichts dergleichen war zu sehen, und jede Stunde der so flinken Fahrt, wie die des Luggers sie jetzt machte, musste unsere Chancen, auf ein heimwärts fahrendes Schiff zu treffen, in gewissem Maße verringern; das heißt, wir würden früher oder später mit Sicherheit auf ein Schiff treffen, das nach England fuhr; aber je weiter wir nach Süden kamen, desto länger würden die Abstände zwischen den Schiffen sein, da die Schifffahrt sich auf dem Weg in den Nordatlantik zerstreute; und obwohl ich nie daran zweifelte, dass wir von dem Lugger geholt und nach Hause gebracht würden, bedrückte mich doch die Angst, dass einige Zeit vergehen könnte, bevor dies geschehen würde, als ich auf diesem leeren Meer um mich blickte, und meine Gedanken wanderten zu meiner Mutter – dass sie mich vielleicht für tot hielt und um mich trauerte, weil ich für immer für sie verloren war, und dass ich, wenn ich schnell zu ihr zurückkehren könnte, ihren Kummer beenden und vielleicht ihr Leben retten könnte; denn ich war ihr einziges Kind, und ich fürchtete, dass sie sich meinetwegen so sehr sorgen würde, dass es ihr das Herz brechen würde, obwohl sie meine Abreise, um Leben zu retten, gebilligt hatte.

Doch als ich Helga ansah und darüber nachdachte, was sie durchgemacht hatte und was ihr Verlust war, und den Geist bemerkte, der noch immer edel aus ihrem festen Blick strahlte und sich in den Linien ihrer Lippen ausdrückte, fühlte ich, dass ich meine Rolle als Mann nur schlecht spielte, wenn ich zuließ, dass meine Stimmung sank. Gestern um diese Zeit waren wir auf einem Floß, von dem uns die erste Meereswoge weggeschwemmt haben musste. Es war der harte Blick des nordwestlichen Himmels, der mich an diese Zeit gestern denken ließ; und mit einem leichten Schauder und einem langen, tiefen Atemzug der Dankbarkeit für die Sicherheit, die uns mit diesem kleinen, schwimmenden Stoff unter unseren Füßen zuteil wurde, löste ich mich aus meiner Stimmung der Dumpfheit mit einem halben Lächeln für die beiden schlichten Bootsmänner, die dasaßen und Helga und mich anstarrten.

„Die Dame sieht sehr elend aus", sagte Abraham, den Blick auf Helga gerichtet, obwohl er mich ansprach. „Manche Leute bekommen ihren Kummer auf einmal ausgespart. Ich hoffe aufrichtig, Lady, dass das Leben jetzt anfängt, Sie anzulegen und Sie auf einen Kurs zu führen, der Sie nicht lange in den Hafen der Freude bringt."

Er nickte ihr nachdrücklich zu, und sein Gesichtsausdruck verriet so viel Mitgefühl, wie sein wettergebräunter Körper zuließ.

„Wir haben eine schwere Zeit hinter uns", antwortete sie sanft.

„Viel zu hart für ein Mädchen", sagte ich. „Männer, ihr müsst wissen, dass diese Dame eine richtige Seefahrerin ist. Sie kann das Steuer übernehmen, sie kann den Brunnen ausloten, sie hat Nerven aus Stahl, die viele, die sich für tapfer halten, in die Knie zwingen würden. Es ist nicht die Seefahrt, Abraham, die sie so elend aussehen lässt, wie ihr sagt."

Ich bemerkte, wie Jacob sich nach vorne beugte, die Hände auf den Knien, und sie anstarrte. Plötzlich schlug er sich mit dem Geräusch eines Pistolenschusses aufs Bein.

„Aber ja!", rief er. „Jetzt bin ich mir sicher. Warst du nicht auch einmal ein Junge, Mama?"

„Was?", rief Abraham und wandte sich empört zu ihm um.

Helga errötete leicht.

„Was ich meine", fuhr Jacob fort, „ist, als ich dich das letzte Mal gesehen habe, warst du als Junge verkleidet!"

„Ja", sagte ich, „ja. Und was dann?"

„Also", rief er und verpasste seinem Bein einen weiteren heftigen Schlag, „Pigsears Hall schuldet mir eine Gallone Bier. Als wir an Bord der Dane waren", fuhr er fort, sich an Abraham wendend und mit der Vehemenz eines Hafenarbeiters sprechend, „erblickte ich einen Jungen, von dem ich mir sagte, dass er genauso sicher eine Frau ist wie das rot gestrichene Feuerschiff Gull. Ich sagte Pigsears Hall, er solle hinschauen. „Mädchen in deinen Augen!", sagte er. „Ich wette eine Gallone Bier, Jacob, sie ist genauso ein Junge wie Barney Parsons Willie!" Aber wir waren zu beschäftigt, um zu streiten, und wir verließen das Schiff, ohne weiter darüber nachzudenken. Jetzt erinnere ich mich daran, und ich habe recht, und ich rufe dich als Zeugen auf, Abraham, damit Pigsears nicht von seiner Wette abweicht."

Um das Thema zu wechseln, sagte ich abrupt: „Ihr Männer scheint einige merkwürdige Namen unter euch zu haben. Pigsears Hall! Kann man einen Pfarrer dazu bringen, einen Mann so zu taufen?"

„Das ist sein richtiger Name", sagte Abraham. „Diesen Titel hat er an den Ohren. Es gibt Stickenup Adams, weil er seine dünne Nase so hoch hält. Dann gibt es Paper-collar Joe, weil er sich am Hals gerne vornehm gibt. Wir haben alle Spitznamen. Aber auf einer Reise nach Australien geben wir uns die Tarms, unter denen unsere Mütter uns kannten."

„Wie ist Ihr Name?", fragte ich.

„Abraham Vise", sagte er.

'Weise?'

„*Ich* nenne es Vise", sagte er und sah ein wenig verlegen aus. „Es wird mit *W geschrieben* ."

„Und Ihre Schiffskameraden?"

„Er", antwortete er und deutete mit einer Kinnbewegung auf seinen Kameraden, „ist Jacob Minnikin. Der da vorne ist Tommy Budd." Er hielt inne und blickte Helga an. „Jacob", sagte er zu seinem Kumpel, während er das Mädchen unverwandt ansah, „ich habe mir überlegt, wie sie schlafen soll, wenn der Herr und die Dame nicht so schnell an Bord eines Heimreiseschiffs gebracht werden? Sag mal, was es ist", sagte er langsam und sah sich zu Jacob um. „Wenn wir sie heute Nacht an Bord finden, müssen wir aus dem Vorschiff aussteigen. Unter dem Floß dort ist ein ausreichend gutes Bett für Leute wie uns Männer", sagte er und deutete auf die breite Nische, die durch das überhängende Deck des Vorschiffs überdacht war. „Die Dame sieht aus, als würde ihr nichts weniger als eine vierundzwanzigstündige Schlafphase gut tun. Aber natürlich können Sie und sie, wie ich bereits sagte', und jetzt wandte er sich an mich, ,vor Einbruch der Nacht an Bord eines anderen Schiffes in Richtung Heimat sein.'

„Ich danke Ihnen im Namen der Dame für Ihren Vorschlag, Abraham", sagte ich. „Sie möchte sich ausruhen, wie Sie sagen, aber Privatsphäre muss natürlich eine Voraussetzung dafür sein, dass sie sich bequem in Ihrer Vorpiek ausruhen kann. Sechs Stunden würden genügen –"

„Oh, sie kann die ganze Nacht dort liegen", sagte Jacob.

In diesem Moment erschien der dritte Mann. Er erhob sich, stieß durch eine kleine quadratische Luke und musterte mit echtem Küsteninstinkt langsam das Meer, wobei er sich gelegentlich mit dem Handgelenk die Augen rieb, bevor er nach achtern kam. Er warf Helga und mir einen flüchtigen Blick zu, als wären wir ihm schon lange vertraute Merkmale des Loggers, und nickte Abraham zu, während er noch einmal über das Meer blickte: „Ein schöner kleiner Windhauch heute Morgen."

Dieser Kerl war ein Mann mittleren Alters, wahrscheinlich fünfundvierzig. Sein Gesicht hatte einen etwas säuerlichen Ausdruck, seine Augenbrauen waren dick und eisengrau, und seine tiefliegenden Augen blickten zwischen Lidern hervor, deren Ränder so rot waren, dass man meinen konnte, sie würden langsam vom Feuer zerfressen, wie ein Funke in Zunder beißt. Der schmollende Mundwinkel verriet den geborenen Seemann. Seine Kopfbedeckung war aus Pelz, wie die von Jacob; aber ich bemerkte, dass er einen langen Mantel trug, der offensichtlich für einen Pfarrer zugeschnitten oder von ihm getragen worden war. Unter den flatternden Schößen dieses Mantels waren ein Paar sehr weite Hosen aus Furnaught zu sehen, die in einem Paar großer, gichtiger Schuhe mit quadratischer Spitze endeten.

„Was ist mit dem Frühstück?", fragte er. „Ist es nicht Zeit, das Feuer anzumachen?"

„Aber ja", antwortete Abraham, „und ich bezweifle", sagte er und sah mich an, „dass es Ihnen nicht leid tun wird, einen Mund voll Essen zu bekommen."

Der sauer dreinblickende Mann namens Tommy ging weiter und war kurz darauf damit beschäftigt, ein Stück Holz zu zerhacken.

„Aus den Schinken, die Sie vom Floß mitgenommen haben, lassen sich einige gute Speckscheiben machen", sagte ich. „Das Dosenfleisch wird Ihnen auch schmecken. Während Sie frühstücken, erkunde ich mit Ihrer Erlaubnis Ihre Vorpiek."

„Sicherlich", antwortete Abraham.

„Komm mit, Helga“, sagte ich, und wir gingen weiter.

Wir ließen uns durch die Luke fallen und fanden uns in einem kleinen, düsteren Innenraum wieder, der viel zu flach war, um aufrecht darin zu stehen. Es gab vier Kojen, die so konstruiert waren, dass sie sowohl als Sitzgelegenheiten und Schließfächer als auch als Betten dienten. Es gab keine Matratzen, aber in jeder Koje lag ein kleiner Stapel Decken.

„Eine edle Seemannsstube, Helga!“, sagte ich lachend.

„Es ist besser als das Floß“, antwortete sie.

„Ja, das stimmt! Aber trotzdem ist es nicht so gut, dass wir diesen kleinen Kahn nicht verlassen wollen. Du wirst nie in einem dieser Löcher schlafen können?“

„Oh ja“, antwortete sie mit einem Anflug von Fröhlichkeit in der Stimme, „aber ich hoffe, es wird keinen Anlass geben. Ich werde nicht schlafen wollen, bis die Nacht kommt, und vorher sind wir vielleicht schon auf einem anderen Schiff und reisen nach Hause – zu Ihnen nach Hause, meine ich“, fügte sie mit einem Seufzer hinzu.

„Und nicht mehr meins als Ihres, solange es Ihnen gefällt, es zu Ihrem zu machen. Und nun“, sagte ich, „damit wir es so bequem wie möglich haben, wo sind die Toiletten unserer Freunde? Ihr Waschbecken ist zweifellos das Meer da drüben, und ich vermute, ein kleiner Klumpen Fett, der in großen Abständen benutzt wird, dient ihnen als Seife, die sie brauchen. Aber eine Gesichtsspülung mit Salzwasser ist eine große Erfrischung. Bleiben Sie hier, und ich werde Ihnen zeigen, was zu finden ist.“

Ich kam wieder an Deck und bat einen der Männer, mir einen Eimer Salzwasser zu holen. Dann bat ich Abraham um ein Stück Segeltuch, das als Handtuch dienen sollte.

„Segeltuch!“, rief er. „Ich gebe Ihnen das echte“, und er öffnete ein Fach im Heck und holte ein paar Handtücher heraus.

„Möchten Sie Seife?“, sagte er.

„Seife!“ rief ich. „Haben Sie so etwas?“

„Was, was denkst du, wer wir sind?“, rief der sauer dreinblickende Tommy, der neben dem kleinen Ofen kniete und hineinblies, um ein paar Holzspäne anzuzünden. „Wie soll sich ein Mann ohne Seife rasieren?“

„Möchten Sie einen Spiegel?“, sagte Abraham und reichte mir dabei ein Stück Meeresseife.

„Danke“, sagte ich.

„Und hier ist ein Kamm", sagte er und zog aus seiner Hosentasche ein messerförmiges Ding, das er zu einem großen Messingkamm öffnete. „Noch etwas?"

„Was haben Sie noch?", sagte ich.

„Nichts, außer ein Rasiermesser", sagte er.

Das brauchte ich nicht. Ich trug den Eimer und das kleine Bündel unerwarteter Annehmlichkeiten zur Luke und rief nach Helga.

„Hier bin ich, reich an Beute", sagte ich leise. „Diese Bootsleute sind echte Dandys. Hier ist Seife, hier sind Handtücher, hier ist ein Spiegel und hier ist ein Kamm", und nachdem ich ihr diese Dinge gegeben hatte, machte ich mich wieder auf den Weg nach achtern.

„Wir haben noch nicht nach Ihrem Namen gefragt, Sir", sagte Abraham, der wieder am Ruder stand, während die anderen beiden am Herd damit beschäftigt waren, das Frühstück zuzubereiten.

„Hugh Tregarthen", sagte ich.

„Danke", sagte er. „Und die Dame?"

„Helga Nielsen."

Er nickte zustimmend, als ob ihn der Klang des Namens freute.

„Sie ist ein nettes kleines Mädchen, auf mein Wort!", sagte er, „zu gut, um zu einem anderen Land oder zu Großbritannien zu gehören. Diese Dänen lernen die englische Sprache wunderbar schnell. Nehmen Sie einen Schweden oder einen Holländer: Bei denen ist es bis ans Ende ihrer Tage *ein stürmisches Rennen* . Aber ich habe Dänen getroffen, die Sie von Deal-Männern nicht unterscheiden würden, so erstklassig war ihre Sprache." Er legte langsam sein Kinn auf seine Schulter, um das Wetter achtern zu betrachten, und dann, während er seine Augen mit der Küstengelassenheit auf mein Gesicht richtete – und jetzt bemerkte ich zum ersten Mal, dass er leicht blinzelte – sagte er: „Es ist gut, dass wir Sie getroffen haben, Mr. Tregarthen; denn wenn Sie beide bis heute Mittag alles auf diesem Floß herumgespült hätten – und ich gebe Ihnen bis Mittag –, würden Sie danach weder die Hilfe noch Gebete von Menschen brauchen. Es wird bald stürmen."

„Ja", sagte ich, „es weht genug Wind dort am Himmel; tatsächlich frischt es schon ein wenig auf, nicht wahr?" Denn jetzt nahm ich das schärfere Federn und das schärfere Spiel auf dem Wasser wahr und das härtere und breitere Rauschen der Hefe, die von beiden Seiten des Loggers wegströmte. „Ich glaube, der Wind hat auch gedreht", fügte ich hinzu und versuchte, einen Blick auf das dunkle Innere eines kleinen Kompasses zu erhaschen, der auf dem Sitz dicht neben Abraham stand.

„Ja, es zieht sich normal", antwortete er. „Es tut mir nicht leid, denn es ist, als würde ich mich dafür rechtfertigen, dass ich Sie nicht an Land gebracht habe. Als die junge Dame mich bat, nach England zu steuern, dachte ich , dass ich mich nicht wie ein menschlicher Mensch verhalte, wenn ich sie ablehnte und alles daran setzte, die Entfernung zwischen Ihnen und Ihrem Zuhause zu vergrößern. Aber ich rechnete damit, dass der Wind Sie nach Hause zurückbringen würde, und das ist jetzt der *Fall* . Wenn wir Sie also eine Woche lang festhalten und Sie am Ende der Woche an Bord eines Dampfers bringen würden, würden Sie schneller nach Hause kommen, als wenn wir jetzt in die Hölle gehen und uns auf den Weg zu Ihrer Küste machen würden."

„Wir verdanken Ihnen unser Leben", sagte ich herzlich. „Wahrscheinlich möchten wir Ihnen keine Umstände machen, indem wir Ihren Logger auch nur einen Fuß vom Kurs abbringen."

KAPITEL II.

IN RICHTUNG SÜDEN.

In diesem Moment kam Helga durch die Luke. Ich konnte einen Ausdruck der Bewunderung auf Abrahams Gesicht erkennen, als sie mit ihrer schwebenden, anmutigen Art durch die kleine Öffnung ging.

„Sie könnte in einem Lugger geboren und aufgewachsen sein", sagte er mit heiserer Stimme zu mir. „Aber mit den allererlesensten und elegantesten Frauen wäre es nicht mehr als ein mühsames Durchzwängen, um durch dieses Loch zu quetschen. Hat sie Flügel an den Füßen? Ich habe nicht gesehen, dass sie ihre Ellbogen benutzt, Sie etwa? Und, meine kostbaren Gliedmaßen! Wie leicht sie sie überquert!" Damit meinte er ihre Art, über die Sitze des Bootes zu klettern.

Vielleicht konnte ich es jetzt übers Herz bringen, die Figur des Mädchens zu bewundern. Auf dem Floß hatte ich jedenfalls nicht viel Lust, derartige Beobachtungen anzustellen, und nur DORT hatte sich mir ihre Gestalt offenbart; denn in der Barke ließ ihre jungenhafte Kleidung nicht erahnen, welche Reize sie grob und schwer verbarg. Die glitzernde Salzlake, mit der sie ihr Gesicht erfrischt hatte, hatte ihren blassen Wangen etwas Leben eingehaucht, und ihr Teint war leicht erblüht, und ein zartes Glühen vertiefte sich noch ein wenig, als sie als Antwort auf mein Lächeln lächelte und sich neben mich setzte.

„Diese Speckstreifen riechen erstklassig", sagte Abraham und schniefte hungrig. „Das muss erstklassiger Schinken sein, der beim Kochen direkt in die Nase steigt."

„Bevor das Frühstück fertig ist", sagte ich, „werde ich Miss Nielsens Beispiel nachahmen", und damit ging ich nach vorne, holte einen Eimer Wasser, ließ mich in die Vorpiek fallen und genoss das erfrischendste Bad, das ich mir vorstellen kann. Man muss Schiffbruch erlitten haben, um diese scheinbaren Kleinigkeiten zu würdigen. Ich für meinen Teil konnte kaum begreifen, dass ich, um meinen Ölmantel zu retten, keinen einzigen Stich meiner Kleidung entfernt hatte, seit ich vom Haus meiner Mutter zum Rettungsboot gerannt war. Ich trat in das Licht, das in die kleine Luke strömte, betrachtete mich im Spiegel und war überrascht, wie unbedeutend die Spuren der schweren, ich kann wirklich sagen, verzweifelten Erfahrungen waren, die ich durchgemacht hatte. Meine Augen behielten ihren Glanz, meine Wangen ihre Farbe. Ich hatte einen Bart und konnte daher triumphierend aus einer langen Passage voller Seekatastrophen hervorgehen, ohne ein Rasiermesser benutzen zu müssen. Es ist das stoppelige Kinn, das die hagere Gestalt des Schiffbrüchigen vervollständigt.

Ich kann mich noch lebhaft an dieses Frühstück erinnern – unsere erste Mahlzeit an Bord der *Early Morn* . Schinkenscheiben zischten in der Bratpfanne; jeder von uns hielt einen dicken Porzellanbecher voll schwarzen Kaffees; die Tüte mit Keksen, die wir von der Bark mitgebracht hatten, lag gähnend zu unseren Füßen, und jeder bediente sich. Die Bootsmänner kauten feierlich vor sich hin, als würden sie Pfunde Tabak kauen, und jeder stürzte sich mit einem riesigen Klappmesser darauf, das zweifellos allem, womit die Klinge in Berührung kam, einen deutlichen Geschmack von geteertem Hanf übertrug. Tatsächlich schnitten sie ihre Nahrung wie Tabak: Sie arbeiteten mit ausgestreckten Armen und nach hinten gelehnter Haltung daran, steckten Stücke der Nahrung so zusammen, als müssten sie in ihren Mund passen, und peitschten dann die Bissen auf den Messerspitzen durch ihre ledrigen Lippen, mit einem langsamen Kau-Kau ihrer Unterkiefer, das an eine wiederkäuende Kuh denken ließ. Ihr gemächliches Verhalten versetzte mich in meiner Vorstellung an die englische Küste; denn dies waren die Art von Männern, die, so schnell ihre Bewegungen in einer Stunde der Not auch sein mochten, in Zeiten des Müßiggangs die faulsten Faulenzer waren - Männer, die nicht aufrecht stehen konnten, die den härtesten Granit durch ständige Reibung mit ihren Baumwollhosen polierten, die aber dennoch die geeignetsten zentralen Objekte waren, die man sich vorstellen konnte für die Aussicht auf goldenen Sand, ruhiges blaues Meer, marmorweiße Pier und Klippenterrassen, deren Gipfel aus abfallenden grünen Hängen hoch in die liebliche, klare Atmosphäre ragten, die man im Sinn hat, wenn man an die Ferienküste der alten Heimat denkt.

Der Mann namens Thomas hatte das Frühstück zubereitet und das Ruder übernommen, aber die Pflicht zu steuern hinderte ihn nicht am Essen. Tatsächlich bemerkte ich, dass er mit dem Kreuz steuerte und ab und zu das Ruder durch eine leichte Berührung der Pinne mit dem Ellbogen unterstützte, während er sich auf den Teller auf seinem Knie fallen ließ. Ich für meinen Teil war hungrig wie ein Wolf und aß herzhaft, wie die alten Reisenden gesagt hätten. Auch Helga ging es sehr gut; tatsächlich war sie vor Kummer fast verhungert; und ich war mächtig froh, dieses schöne und zierliche kleine Herz aus Eiche beim Essen zu sehen, denn es war auf seine Art eine gute Versicherung, dass sie mit ihrem Kummer kämpfte und begann, ohne die bittere Traurigkeit, die gestern in ihrem Blick lag, in die Zukunft zu blicken.

Doch während wir da saßen und aßen und plauderten, frischte der Wind langsam weiter auf; die Fockschot war bis zur Härte von Eisen gespannt, und ab und zu machte der Lugger einen Sturzflug, der eine helle weiße Wassermasse von beiden Bugseiten wegrollte. Der Wind kam jedoch fast über das Heck, und wir trieben auf geradem Kiel vor ihm her, außer wenn eine Meeresströmung ihn unter dem Achter anhob und das kleine Tuch mitsamt einem schrägen Mast und einem schärferen trommelartigen Rollen aus der Mitte der gespannten Segeltuchbahn wegschleuderte, als der Lugger sich mit einem kecken Schwung nach Steuerbord erholte.

„Wer sagt, dass wir Australey nicht erreichen?", rief Abraham, zog eine kurze Pfeife heraus und stopfte sie, während er langsam und zufrieden über den hefigen Glanz über der Lee-Reling grinste. Das darauf geheftete Auge war manchmal so nah darauf gebeugt, dass das Gehirn zu den wilden und brillanten Kreisbewegungen des milchigen Flusses zu tanzen schien.

„Eine seltsame Vorstellung", sagte ich, „von jemandem, der einen Deal-Lugger für die Bucht von Sydney kauft."

„Wenn da nicht diese merkwürdigen Einfälle wären", sagte Thomas mit einem sauren Blick, „dann wäre das ein armseliger Aussichtspunkt für Leute wie mich."

„Ich sage euch, was ich bei diesem Streifzug hier verpassen werde", rief Jacob. „Das ist Bier, Kumpels!"

„Das Bier schmeckt besser, wenn man es nicht mehr hat", sagte Abraham mit mitfühlendem Gesicht. „Trotzdem muss ich sagen, wenn man sich schlecht fühlt, gibt es nichts Besseres als ein Glas Bier."

„Was wird in deinem Land getrunken, Mama?", fragte Jacob.

„Alles, was man in England trinkt", antwortete Helga.

„Aber ich gebe zu", grunzte Thomas und richtete einen mürrischen Blick auf den Horizont, „dass die Skandinavier, wie die Dänen und ebenso die Schweden, zusammen mit anderen Völkern, einschließlich der Roosianer, genannt werden, in Sachen Alkohol nicht so wählerisch sind wie die Engländer, ganz zu schweigen von den Dealern. Aber", fügte er mit verächtlicher Stimme hinzu, „sie sind oft zufrieden damit, darauf zu verzichten. Kapitäne und Eigner wissen das. Der skandinavische Alkohol ist so billig, dass Sie Ihr Vorschiff mit zwanzig Matrosen auf Tarmen füllen können, die sechs Engländer verhungern lassen würden."

„Die Dänen sind gute Seeleute", sagte Helga und sah ihn an, „und sie sind die besseren Seeleute, weil sie ein vernünftiges Volk sind."

„Als Seeleute habe ich nichts gegen sie einzuwenden", erwiderte Thomas, „aber diese Schiffe sind zu billig, Mama – diese Schiffe sind zu billig."

„Sie nehmen, was ein Engländer nimmt!", rief Helga mit einem kleinen Funkeln in den Augen.

„Das werden sie, Mama – das werden sie!", rief Abraham beruhigend. „Der Däne ist ein erstklassiger Seemann und ein gemäßigter Mann, und wenn

Tommy mir die Gelegenheit gibt, das für *ihn zu sagen* , werde ich es verkünden."

Ich stand auf und spähte vielleicht zum zehnten Mal an diesem Morgen über das Meer, als ich zufällig nach achtern blickte, während der Lugger in einem seiner anmutigen, schwimmfähigen, hochfliegenden Barkassen auf den Gipfel einer kleinen Welle zusteuerte – denn der auffrischende Wind hatte das Wasser bereits in Haufen fließen lassen, was sich schon jetzt an Gewicht und Geschwindigkeit an Bord dieses offenen 18-Tonnen-Schiffes bemerkbar machte, obwohl die Wellen von der Höhe eines großen Schiffes aus nicht mehr als ein angenehmes Kräuseln der nördlichen Dünung gewesen wären –, ich sage, als ich in diesem Moment zufällig nach achtern blickte, erblickte ich eine weiße Flocke, die sternengleich über dem Rand des Ozeans schwebte. Der Lugger sank, dann stieg er wieder auf, und wieder erspähte ich diesen mondähnlichen Punkt aus Segeltuch.

„Ein Segel", sagte ich, „aber leider verfolgt es uns. In Zeiten wie diesen landet alles, was sich zeigt, immer am falschen Ende."

Abraham stand auf, um nachzuschauen, sah den Gegenstand und setzte sich schweigend wieder hin.

„Wie steuern Sie den Logger?" rief ich.

„Südsüdwest", antwortete er.

„Für welchen Kurs haben Sie sich entschieden?", fragte ich, denn ich wollte aus seiner Navigationsart schließen, wie hoch unsere Chancen sein würden, auf die Heimwärtsgehenden zu treffen.

„Nun, wir fahren weiter", antwortete er, „bis wir auf den Nordostpassat treffen, der mit einem Wind von etwa zweiundzwanzig Grad nach links zu rechnen ist; dann bringen wir die *Airly Marn* ungefähr auf Süd. Wenn der Äquator überquert ist", fuhr er rauchend fort, den Kopf tief in seinen Mantelkragen versunken, „fahren wir wieder nach Westen in Richtung der Insel Trinidad – nicht, um sie anzusteuern; aber wenn wir ihren Breitengrad erreichen, steuern wir den Südostpassat an und machen uns auf den Weg zum Kap der Guten Hoffnung. Sind Sie selbst so etwas wie ein Seefahrer?"

„Nein", antwortete ich, was durchaus der Wahrheit entsprach, obwohl ich die Kunst, ein Schiff von einem Ort zum anderen zu dirigieren, durchaus beherrschte, um nicht mit größtem Erstaunen dem Reiseprogramm dieses einfachen Bootsmanns nach Australien zuzuhören.

Er riss denselben Spind auf, aus dem er die groben Toilettenartikel genommen hatte, und holte eine kleine Weltkarte mit blauer Rückseite hervor, die er auseinanderfaltete und über seine Knie legte.

„Ich nehme an, Sie können lesen, Sir?", sagte er und wollte, wie man an seinem Gesichtsausdruck leicht erkennen konnte, keineswegs beleidigend wirken. Er stellte die Frage lediglich, wie ich leicht erkannte, ausgehend von seiner Erfahrung mit der Kultur von Deal Beach.

Helga lachte.

„Ja, ich kann ein wenig lesen", sagte ich.

„Also gut", sagte er und legte einen verdrehten Daumenstumpf auf die Karte, „hier ist die ganze Reise, aufgeschrieben von Kapitän Israel Brown von der *Turk's Head*, einem Schiff, das in den Downs lag, als meine Kameraden und ich uns darauf einigten, diese Aufgabe zu übernehmen. Er nahm mich mit in seine Kabine, zog diese Karte hier heraus und markierte diese Linien, wie Sie unten sehen. „So, Abraham!", sagt er, „Sie steuern nach diesen Anweisungen hier, und Ihr Logger wird die Sydney Bay wie ein Nadelöhr erreichen.'"

Ich schaute auf die Karte und stellte fest, dass der Kurs, der darauf eingezeichnet war, den Logger westlich von Madeira führen würde. Die Angaben ließen nicht darauf schließen, dass ein Hafen angelaufen werden musste oder dass man Land erreichen würde, bis die Tafelbucht erreicht war. Die beiden Männer, Jacob und Tommy, musterten mich gespannt, als ob sie nach einer Diskussion lechzten. Das veranlasste mich, keine Kritik zu wagen. Ich sagte nur:

„Ich glaube, ich habe von Ihnen verstanden, dass Sie darauf angewiesen sind, dass Schiffe Sie mit dem versorgen, was Sie brauchen."

Abraham antwortete mit einem nachdrücklichen Nicken.

Nun, dachte ich, ich nehme an, die Kerle wissen, was sie tun; aber angesichts dieser Karte konnte ich nur mächtig dankbar sein, dass Helga und ich die Chance hatten, umgeladen zu werden, lange bevor die Erfahrung den Männern gezeigt hätte, dass man sich auf See ebenso wenig auf Wohltätigkeit verlassen kann wie an Land. Sie sprachen von fünf Monaten, ja sogar von sechs Monaten, um die Reise zu machen, und wer sollte eine solche Möglichkeit in Frage stellen, wenn man die Entfernung, die Größe des Bootes, die riesigen Gebiete mit wütendem Sturm und sengender Windstille bedenkt, die vor uns lagen? Allein der Gedanke an das Gefühl tiefer Langeweile, der widerwärtigen Ermüdung, das sich bald einstellen musste, jagte mir einen Schauer über den Rücken, als ich das offene Boot betrachtete, dessen Länge ein gewandter Springer mit ein paar Sprüngen hätte messen können, und in dem es keinen Platz zum Gehen gab und außerdem nicht viel Bewegungsfreiheit, da die Duchten aneinander grenzten und es mit Schränken, Ersatzmasten und -rudern, der Pumpe, dem Ofen, dem kleinen Deck vorn, dem Boot und der übrigen Einrichtung vollgestopft war.

Ich fragte Abraham, wie sie es schafften, Ausschau zu halten.

„Einer bleibt für vier Stunden wache, die beiden anderen halten Wache. Einer steuert zwei Stunden und der andere löst ihn danach ab.“

„Das bedeutet, dass Sie acht Stunden an Deck verbringen und vier Stunden schlafen können“, sagte Helga.

„Ganz recht, Mama.“

„Acht Stunden an Deck sind zu viel“, rief sie. „Ihr hättet zu viert sein sollen. Dann hättet ihr Wache und Wache stehen müssen.“

„Ja, und noch ein Anteil, um unseren zu Fall zu bringen“, rief Thomas.

„Herr Abraham“, sagte Helga, „Herr Tregarthen hat Ihnen gesagt, dass ich steuern kann. Ich verspreche Ihnen, dass der Kurs des Loggers haargenau sein wird, solange ich am Ruder bin, wie Sie Seeleute sagen. Ich kann auch Ausschau halten. Viele, viele Male habe ich an Bord des Schiffes meines Vaters Wache gehalten. Während wir bei Ihnen sind, müssen Sie mich zu Ihrer Mannschaft hinzufügen lassen.“

„Auch ich gelte als mittelmäßiger Steuermann“, sagte ich. „Solange wir hier sind, werden wir also zu fünft sein und die Arbeit des Loggers erledigen.“

Abraham sah das Mädchen bewundernd an.

„Sie sind sehr gut, Lady“, sagte er. „Ich zweifle nicht an Ihrer Bereitschaft. An Bord eines Schiffes würde ich Ihre Fähigkeiten nicht bezweifeln, aber die Handhabung dieser hier tätigen Lugger ist eine Arbeit, die jahrelange Ausbildung erfordert. Wir Deal-Bootsfahrer werden in diese Arbeit hineingeboren, und diejenigen, die es nicht sind, kommen normalerweise um, wenn sie sich daran versuchen.“

„Außerdem ist es eine lange Reise“, knurrte Thomas, „und wenn wir mehr Anteile daraus machen können, bin ich dafür, nach Hause zu gehen.“

„Du denkst immer an die Aktien, Tommy“, rief Abraham; „der Herr und die Dame bedeuten nichts als Freundlichkeit. Nein, Mama, ich danke dir trotzdem“, fuhr er fort und verneigte sich ungeschickt, aber respektvoll vor Helga. „Ihr seid Schiffbrüchige und unsere Pflicht ist es, euch den Weg nach Hause zu ebnen. Das ist es, was ihr von uns erwartet; und was wir von euch erwarten, ist, dass ihr euch beruhigt und es euch gemütlich macht, bis ihr uns verlasst.“

Ich dankte ihm herzlich und stand dann auf, um noch einmal einen Blick auf das Schiff zu werfen, das uns von achtern überholte. Es stieg schnell auf und ragte bereits mit einem breiten Schimmer aus Segeltuch über die blauen Ränder des Ozeans.

„Helga", sagte ich leise, „da kommt ein großes Schiff schnell von hinten heran. Sollen wir diese Männer bitten, uns an Bord zu bringen?"

Sie heftete ihren Blick nachdenklich auf mich.

„Sie geht nicht nach Hause, Hugh."

„Nein, und der Logger auch nicht. Dieses Schiff sollte uns ein komfortableres Zuhause bieten als dieses kleine Boot, bis wir an Bord eines anderen Schiffes gehen können."

Sie musterte mich weiterhin nachdenklich und sagte dann: „Dieser Logger bietet uns bessere Chancen, schnell nach Hause zu kommen als dieses Schiff. Diese Männer rennen einem Schiff hinterher oder jagen es sogar, um uns einen Gefallen zu tun und uns loszuwerden; aber so ein Schiff", sagte sie und blickte nach achtern, „hat es immer eilig, wenn der Wind bläst, und ist selten sehr bereit, sein Marssegel zu heben. Und dann denken Sie daran, was für ein schnelles Schiff es sein muss, wenn man nach der Art und Weise urteilt, wie es uns überholt! Je schneller, desto schlimmer für uns, Hugh – ich meine, desto weiter werden Sie von zu Hause weggetragen."

Sie begegnete meinem Blick mit einem schwachen, wehmütigen Lächeln im Gesicht, als fürchtete sie, ich würde sie für aufdringlich halten.

„Du hast recht, Helga", sagte ich. „Du bist durch und durch ein Seemann. Wir bleiben beim Logger."

Abraham ging nach vorn, um sich hinzulegen, nachdem er Jacob angewiesen hatte, ihn um Viertel vor Mittag zu wecken, damit er die Sonne fotografieren könne. Thomas saß mit mürrischem Gesicht am Steuer, und Jacob hing über der Reling dicht an der Fockschot, das Kinn auf seinem haarigen Handgelenk und den Blick auf den Horizont gerichtet, ganz nach der mechanischen Art der Hafenarbeiter auf See. In Abständen frischte der Wind weiter auf, in kleinen „Kanonen", um den ausdrucksstarken alten Ausdruck zu verwenden – in kleinen Böen oder Böenstößen, die mit einem Kreischen in die Wölbung des Bugs blitzten, woraufhin der Wind wieder gleichmäßiger, aber stärker wurde, mit einem höheren Ton im Stöhnen oben und einem stürmischeren Kochen des Wassers um den Lugger, der dahinzuwirbeln schien, als hätte ihn ein Komet ins Schlepptau genommen, obwohl dieses Gefühl der Geschwindigkeit zweifellos durch die Nähe des zischenden weißen Wassers an der Reling geschärft wurde. Doch kurz nach zehn Uhr war das Schiff achtern bis zur Wasserlinie aufgestiegen und nahm uns auf, als würden wir tatsächlich vor einem Treibanker vor Anker gehen.

Ein edleres Bild vom Meer hat noch nie die Augen eines Landsmannes erfreut. Die schneeweißen Spitzen des herankommenden Schiffes wiegten sich mit feierlicher und würdevoller Bewegung unter der See. Es hatte

Leesegel an Steuerbord, eines an dem anderen befestigt in einer Pyramide aus weichem, milchigem Stoff, und seine Flügel aus Klüvern schwebten, fast in der Flaute, luftig von der Mastspitze zum Bugspriet und zum Ende des Klüverbaums wie symmetrische Fragmente einer flauschigen Wolke, die von der stattlichen Stoffmasse abgerissen wurden, die hinter ihnen im gleißenden Sonnenschein glitzerte. Jedes Mal, wenn unser Lugger aufgerichtet wurde, erspähte ich die schillernde Schaumkrone, die der scherende Bug des Klippers, angetrieben von einer Kraft, die größer ist als Dampf, bis zu den Klüsen auftürmte, ja sogar bis zum Kopf des Vorschiffs, bis zu einigen der Knickse des majestätischen Bauwerks.

Helga beobachtete sie mit gefalteten Händen und geöffneten Lippen und glühenden blauen Augen voller Elan und Entzücken. Das herrliche Seestück schien die Erinnerung in ihr aufzuheben; jeder Ausdruck von Trauer war aus ihrem Gesicht gewichen; ihr ganzes Wesen schien sich mit diesem windigen, fliegenden, triumphalen Ozeanschauspiel zu vermischen, und ihre freudigen Blicke – die Hingabe an den Impuls und den Geist dessen, was sie sah, versicherten mir, dass, wenn der alte Ozean jemals eine Tochter besaß, sein Kind die blasse, blauäugige, gelbhaarige Jungfrau war, die mit verzücktem Blick und schnellem Atem an meiner Seite saß.

Jacob, der das Schiff lustlos beäugt hatte, erwachte plötzlich ein Ausdruck von Leben und Erstaunen.

„Na, Tommy", rief er, hielt sich an der Reling fest und starrte mit hochgezogenen Schultern über das Heck, „verpiss dich, Kumpel, wenn das nicht die *Thermoppilly ist*!"

Thomas legte langsam und mürrisch sein Kinn auf die Schulter, und nach kurzem Starren wandte er dem Schiff wieder den Rücken zu und sagte: „Ja, das ist die *Thermoppilly*, ganz genau!"

„Die *Thermopylen*?", sagte ich. „Meinen Sie den berühmten Aberdeen-Klipper?"

„Ja", rief Jacob, „das ist sie! Ist sie nicht wunderschön? Meine Güte, was für ein Lauf! Wer will sie anfassen? Sieh dir nur diese Mastspitzen an! Groß genug, um die Sterne zu verdunkeln, Tommy, und das blühende Sonnensystem *durcheinanderzubringen*."

Er schlug sich vor Freude über den Anblick auf die Schenkel und fuhr fort, eine Reihe nautischer Bemerkungen zu machen, die seine Bewunderung und die Vorzüge des sich nähernden Schiffes zum Ausdruck brachten.

Sie hatte ihr Ruder ein wenig verschoben, um einen Blick auf uns zu werfen, und würde dicht an uns vorbeifahren. Das Donnern des Windes in ihren gewaltigen Höhen drang in einem leisen, anhaltenden Donnerschlag durch die Luft an unsere Ohren. Man konnte das Kochen des Wassers hören, das aus ihrem Bug platzte und strömte: Ihr Kupfer schimmerte bei jeder Steuerbordseite auf den weißen Meeresgipfeln entlang ihrer Biegung in matten Blitzen wie bei einem stürmischen Sonnenuntergang, mit häufigem sternenähnlichem Funkeln aus Messing oder Glas um sie herum. Wie schnell sie an uns vorbeifuhr, hätte ich mir nicht vorstellen können, bis sie auf unserer Achterseite war und dann auf gleicher Höhe mit uns – so dicht, dass ich das Gesicht eines Mannes erkennen konnte, der achtern stand und uns ansah, des Kerls am Steuerrad, eines Mannes an der Bremse des kurzen Achterdecks, der mit einer Stimme, deren jede Silbe klar und deutlich zu hören war, Befehle sang. Eine Gruppe von Matrosen war damit beschäftigt, das untere Leesegel zu setzen, und dieses große Segel verschwand vor dem harten, gesprenkelten Blau des Himmels, als der Klipper vorbeistürmte.

Jacob sprang auf eine Ruderbank und kreischte, statt zu brüllen, in einer Begrüßungsekstase, die seine Arme zu einer Windmühle machte: „Wie geht es Ihnen, Sir? – Wie geht es Ihnen, Sir? Wie geht es Ihnen, Sir? Freut mich, Sie zu sehen, Sir!“

Der Mann, den er ansprach, starrte uns einen Moment an, zog sich dann hastig zurück und kam mit einem Fernglas zurück, das er einen Moment auf uns richtete, dann machte er eine winkende Hand.

„Was machst du hier unten, Jacob?“, brüllte er.

„Auf dem Weg nach Australey!“, rief Jacob.

„ *Wo?* “, brüllte der andere.

„Nach Sydney, New South Vales!“, rief Jacob.

Der Mann, bei dem es sich vermutlich um den Kapitän handelte, legte den Finger an seine Nase und schüttelte den Kopf, doch ein weiteres Sprechen war nicht mehr möglich.

„Er glaubt uns nicht!“, brüllte Jacob seinem Maat zu und begann sofort, zwanzig extravagante Gesten in Richtung Schiff zu machen, um seine Aufrichtigkeit zu beweisen.

Die wunderbare Rechtwinkligkeit der Schiffsplane trat hervor, als sie uns ihr Heck bot, während der Schaum ihres Kielwassers unter dem Heck hervorquoll wie die blendende Rückströmung eines riesigen Schaufelrads, und sie schien den südwestlichen Himmel mit ihrer Plane auszufüllen, so hoch und breit blickten uns diese komplizierten, zu den Drehgestellen emporragenden Schwingen vom niedrigen Sitz des hüpfenden und stotternden Loggers entgegen.

„Herrgott noch mal!", rief Jacob, „wenn sie uns doch nur das Ende eines Abschleppseils geben würde!"

„Ja", sagte ich und betrachtete voller Bewunderung die schöne Gestalt des Schiffes, das schnell vorankam und bereits eine erlesene Zierlichkeit und Feinheit in Form und Farbe annahm. „In diesem Fall müssten Sie nicht von einer Fahrt von fünf oder sechs Monaten nach Australien sprechen."

Um Viertel vor zwölf war sie nur noch ein Spielzeug vor uns – nur ein Schimmer Perlmutt am Horizont. Doch inzwischen wehte ein kräftiger Wind, und als Abraham aus der Vorpiek kam, rief er nach Jacob. Gemeinsam hoben sie die Vorsegel an und befestigten das Schot am zweiten Pflock – mit anderen Worten an einer Art Kringeleine oder Schlaufe, von denen es vier gab. Nachdem Abraham die Reffpunkte verknotet hatte, ging er nach achtern, um nach der Sonne zu suchen.

Ich war nicht wenig nachdenklich, denn die jetzt aufkommende See bestätigte die Worte des Bootsführers an mich, und ich konnte nicht anders, als daran zu denken, was mit Helga und mir passiert sein musste, wenn wir nicht gnädigerweise vom Floß geholt worden wären. Der Lugger erhob sich schwungvoll zu jeder flackernden, brodelnden Welle; aber trotz meiner Erfahrungen mit Rettungsbooten konnte ich nicht umhin, mit einer gewissen Angst den stürmischen Schaum auf sein Heck zu beobachten, noch konnte ich den wilden, ballartigen Schlag spüren, den die starke Brandung des Atlantiks unserem Eierschalenboot versetzen würde, ohne zu ahnen, was für ein Wetter es wohl machen würde, sollte ein weiterer Sturm wie der, der die *Anine zum Untergang gebracht hatte* , auf den Ozean niedergehen. Auch die Geschwindigkeit, mit der wir fuhren, und die Gewissheit – ich war Seefahrer genug, um das zu verstehen –, dass es bei einem so rauen Seegang wie dem jetzigen nur eine sehr geringe Wahrscheinlichkeit gab, dass wir ein heimwärts fahrendes Schiff entern oder auch nur längsseits bringen konnten, selbst wenn zwanzig Schiffe, die dicht am Wind nach England steuerten, in einer Stunde an uns vorbeifuhren, bedrückte mich zutiefst. Wie weit würden wir in diesen großen Ozean hineingetragen werden, bevor uns das Glück des Meeres die Heimkehr in den Weg stellte? Diese Überlegungen dämpften meine Stimmung sehr; und dann war da noch das Grauen, das mir die Erinnerung bescherte, wenn ich auf die reißenden Wasser blickte und an das Floß dachte.

Ich sah Helga an: Ihre Augen glitten langsam über den Horizont, und als sie auf meine trafen, schien sich ihr zartes Blau zu einem sanften Lächeln zu verdunkeln. Was auch immer ihr Herz dachte, von den Befürchtungen, die mich quälten, war in ihr ganz gewiss keine Spur zu erkennen. Der Schatten des Kummers, der am Morgen auf ihrem Gesicht gelegen hatte, war mit dem Vergehen des Lebens zurückgekehrt, das das edle Bild des Schiffes in ihr entfacht hatte; aber es war nichts darin, was in ihren Zügen den charakteristischen Ausdruck von Festigkeit, Entschlossenheit und Geist schwächen konnte. Ihre zitterlosen Lippen lagen geöffnet im Wind; ihre bewundernswerte kleine Gestalt gab den springenden, oft heftigen, ruckartigen Bewegungen des Loggers mit der Anmut einer vollendeten Reiterin nach, die eins ist mit dem tapferen, schnellen Geschöpf, das sie reitet; ihr kurzes, gelbes Haar zitterte unter der dunklen, samtartigen Haut ihres turbanförmigen Hutes, als ob jeder Windstoß einen Regen aus Goldstaub um ihren Hals und ihre Wangen aufwirbelte.

Doch ich glaube, wäre ich zum Tode verurteilt gewesen, hätte ich lauthals gelacht, als ich Abraham mit einem altmodischen Quadranten, der gut und gerne schon seit vierzig Jahren in Gebrauch war, in Richtung Sonne schaukeln sah. Er stand breitbeinig da, das alte Instrument vor dem Auge, wischte und mähte das Licht im Süden und biss vor Verwunderung und Anstrengung fest in ein Stück Tabak, das wie ein Knubbel aus seinen Wangen ragte.

„Er braucht heute verdammt lange, um Höhenglocken zu machen, nicht wahr?“, sagte Jacob zu Abraham gewandt und bezog sich dabei auf die Sonne.

„Ihm geht es gut“, antwortete Abraham und schaute durch das kleine Teleskop. „Überlassen Sie ihn mir, Kumpel. Seien Sie ruhig, und ich sage Ihnen gleich, wie spät es ist.“

Helga drehte den Kopf, um ihr Gesicht zu verbergen, und tatsächlich konnte man sich kein komischeres Gesicht als das von Abraham vorstellen, mit dem Kauen seiner Kiefer, das seine Ohren und die Muskeln seiner Stirn in Bewegung hielt, und mit der Intensität des verzerrten Ausdrucks seiner geschlossenen Augen und dem langsamen Wedeln seines Bartes, das wie der Schwanz einer gerade gelandeten Taube aussah.

„Zum Teufel mit den Glocken!“, brüllte er plötzlich triumphierend und zog dabei eine riesige silberne Uhr hervor, die er einige Augenblicke lang anstarrte und dabei die Uhr auf Armeslänge von sich hielt, als ob die Zeit nicht sehr leicht abzulesen wäre. „Verdammt, wenn es in Deal nicht schon ein Uhr wäre!“, rief er. „Stellen Sie sich nur vor, Sie könnten die Zeit nach Belieben verstreichen lassen oder verlieren. Das wäre an Land sehr nützlich, Sir, besonders, wenn Sie eine Rechnung zu begleichen haben.“

Dann setzte er sich ins Achterdeck, holte ein kleines Buch und einen Bleistift aus dem Schrank und machte sich an die Arbeit, seinen Breitengrad zu berechnen. Es war eine sehr grobe, schnelle und primitive Art der Berechnung. Er beäugte das Papier mit wissendem Gesicht, kratzte sich oft die Haare über dem Ohr und sah mit zählenden Lippen zum Himmel hinauf;

dann war er zufrieden, nickte rundherum, nahm seine Karte heraus, machte eine Markierung darauf und rief, während er sie in den Schrank zurücklegte: „So, die Arbeit ist bis morgen um zwölf Uhr erledigt." Nachdem er das gesagt hatte, holte er ein Logbuch hervor, das schon aussah, als wäre es zweimal um die Welt gereist, zusammen mit einem kleinen Tintenfläschchen und einem Stift, und mit dem aufgeschlagenen Buch auf seinem Knie trug er sofort den Breitengrad (wie er ihn eingetragen hatte) in die dafür vorgesehene Spalte ein; aber ich konnte nicht erkennen, dass er auch nur den Versuch machte, seinen Längengrad zu schätzen, obwohl ich bemerkte, dass er die Geschwindigkeit seines kleinen Bootes aufschrieb, die er ermittelte – und ich wage zu behaupten, genauso genau, als hätte er das Logbuch gehoben – indem er seinen Blick über die Seite schweifen ließ.

„Wie buchstabiert man *Thermoppilly* ?", sagte er und wandte sich allgemein an uns.

Ich sagte ihm.

„Ich wollte nur hier festhalten, dass wir sie gesichtet haben, das ist alles", sagte er; „dieses Feld hier mit ‚Bemerkungen' oben muss wohl ausgefüllt werden? Ungefähr um halb sieben heute Morgen", rief er aus, wobei er sehr langsam sprach und während des Sprechens schrieb, „sind wir auf ein Floß gestoßen – wie schreibt man Floß, Meister? – zwei R?' Ich buchstabierte ihm das Wort. – „Danke! Bin auf ein Floß gestoßen und habe eine Dame und einen Herrn mitgenommen. So, das wird die Schlinge für 24 Stunden sein! Jetzt gehen wir zum Abendessen."

Dieses Mittagessen bestand aus einem Stück Corned Beef, einem Schiffszwieback und Käse. Ich hätte vielleicht mehr Appetit gehabt, wenn es weniger Wind gegeben hätte und das Schiff in die andere Richtung gedrungen wäre. Die ganze Zeit über schwirrte der Lugger mit Dampfgeschwindigkeit hindurch. Es herrschte auch schon eine starke See, deren Stürmik wir gespürt hätten, wenn wir sie am Bug gehabt hätten; aber unser pfeilschnelles Vorbeifahren milderte die Wildheit seiner schwungvollen Stöße, und der Wind kam aus demselben Grund mit der Hälfte seines tatsächlichen Gewichts, obwohl wir auf einen bloßen Streifen Segeltuch hätten zusammengerafft werden müssen, wenn wir am Wind gewesen wären. Die Sonne schien mit einem schwachen und windigen Licht vom Himmel, der von einer grauen Wolkendecke hart war.

„Was wird das Wetter beweisen?", fragte ich Abraham.

Er kaute gemächlich, blickte langsam nach windwärts und antwortete: „Es wird nicht schlimmer werden, das siehst du auch nicht."

„Haben Sie ein Barometer?", sagte ich.

„Nein", antwortete er, „sie taugen nichts. Was nützt es einem, in einem Boot nach diesem Muster zu wissen, was kommt? Man braucht nur ein Seil loszulassen, und schon ist man unter bloßen Masten. Marcury ist in einem großen Schiff ganz gut aufgehoben, wo man vom Himmel herabgeschleudert werden und jede Spiere bis zu den Stümpfen der unteren Masten verlieren kann."

Obwohl ich ständig Ausschau hielt und meine Augen über beide Buge hinweg über die glatten und schäumenden Kurven der vor uns dahinrauschenden See schweifen ließ, war ich mir, wie gesagt, sehr wohl bewusst, dass in den hohlen Gewässern, durch die wir jetzt rasten, nichts zu machen war, selbst wenn wir zwanzig Heimkehrende sehen würden. Doch trotz des wunderbaren Lebens, das der starke Nordwind in den Ozean fegte, war während des restlichen Tages überhaupt nichts zu sehen, wenn ich von einem einzelnen Zipfel Segeltuch absehe, das etwa eine Viertelstunde lang etwa zwei oder drei Meilen weiter östlich wie ein kleiner Kranz aus Bergnebel schwebte. Das unaufhörliche Strömen des Windes an unseren Ohren, das Schreien und Pfeifen, wenn er spritzwasserbeladen von jedem schäumenden Gipfel auf uns zujagte, wurde mir unsagbar übel und ermüdend, da wir in den früheren Tagen so lange dem rauen Wetter ausgesetzt waren. Durch die Duchten oder Backen ragten unsere Köpfe über die Linie der Bordwand hinaus, und um dies zu ändern, bat ich um Erlaubnis, ein Ersatzsegel nach achtern in den Boden des Bootes zu ziehen. Dort saßen Helga und ich, zumindest einigermaßen geschützt und in der Lage, uns zu unterhalten, ohne schreien zu müssen.

KAPITEL III.

Ein Streit an der Hafenpromenade.

So verbrachten wir den Nachmittag. Jacob lag vorn und schlief, Thomas war wieder an der Reihe, das Ruder zu übernehmen, und Abraham lag über der Leereling, in Reichweite der Fockschot, und war in die Betrachtung des rauschenden Wassers versunken.

„Wo und wann wird dieses Erlebnis enden?", sagte ich zu Helga, als wir da saßen und plauderten.

„Wie schnell reisen wir?", fragte sie.

„Zwischen acht und neun Meilen pro Stunde", antwortete ich.

„Das war unsere Geschwindigkeit während des größten Teils des Tages", sagte sie. „Dein Zuhause entfernt sich immer mehr, Hugh, aber du wirst dorthin zurückkehren."

„Oh, ich fürchte um keinen von uns, Helga", sagte ich. „Wäre da nicht meine Mutter, würde ich mir keine Sorgen machen. Aber es ist bald eine Woche her, seit ich sie verlassen habe, und wenn sie hören sollte, dass ich mit der *Anine aus der Bucht geweht wurde* , wird sie annehmen, dass ich auf dem Schiff umgekommen bin."

„Wir müssen beten, dass Gott ihr beisteht und ihr die Kraft gibt, auf Ihre Rückkehr zu warten", sagte sie traurig und mit gesenktem Blick.

Was hätte sie noch sagen können? Es war einer jener Abschnitte im Leben, in denen man spürt, dass die Vorsehung alles in allem ist, wenn der Instinkt menschlichen Handelns in einem zum Stillstand kommt und wenn der Geist innehält und auf Gottes Willen wartet.

Ich schaute sie ernst an, als sie neben mir saß, und ertappte mich dabei, wie ich mit beinahe verliebter Wonne die Anmut ihres blassen Gesichts in mich aufnahm, die Zartheit ihrer Züge, die Vornehmheit ihrer Schönheit, die durch die Geistesstärke, die in ihrem Gesicht zum Ausdruck kam, so mädchenhaft sie auch war, in die Höhe gehoben wurde.

„Helga", sagte ich, „was wirst du tun, wenn du nach Kolding zurückkehrst?"

„Ich muss nachdenken", antwortete sie mit dem kaum wahrnehmbaren Akzent eines vorübergehenden Zitterns in ihrer Stimme.

„Du hast keine Verwandten, hat mir dein Vater erzählt."

„Nein, keine. Ein paar Freunde, aber keine Verwandten."

„Aber dein Vater hat ein Haus in Kolding?"

„Er hat ein Haus gemietet, aber es wird kein Zuhause für mich sein, wenn ich es mir nicht leisten kann, es zu unterhalten. Aber überlasse meine Zukunft *mir*, Hugh“, sagte sie sanft, sah mich an und sprach meinen Namen immer so aus, als würde eine Schwester den eines Bruders aussprechen.

„Oh nein!“, sagte ich. „Ich habe deinem Vater ein Versprechen gegeben – ein Versprechen, das sein Tod mich wie einen heiligen Eid bindet. Deine Zukunft muss *meine* Sache sein. Wenn ich dich sicher nach Hause bringe – ich meine in das Haus meiner Mutter, Helga –, dann betrachte ich es als Rettung deines Lebens; und ein Mann sollte das Recht haben, das Leben, das er rettet, so einfach und glücklich zu machen, wie es in seiner Macht steht. Du hast Freunde in meiner Mutter und mir, auch wenn du sonst niemanden auf der Welt hattest. Also, Helga“, sagte ich und nahm ihre Hand, „wie auch immer unsere seltsamen Streifzüge enden mögen, versprich mir, dass du dir keine Sorgen darüber machst, was deine Zukunft bringen könnte, wenn du an Land kommst.“

Sie sah mich mit leidenschaftlicher Dankbarkeit in den Augen an. Ihre Lippen bewegten sich, aber kein Wort kam über sie, und sie wandte ihr Gesicht ab, um ihre Tränen zu verbergen.

Arme, tapfere, sanfte kleine Helga! Ich sprach nur aus Freundschaft und Mitgefühl mit ihr, und wer würde das nicht tun, wenn ich mich mit ihr, meiner Gefährtin in Not, jetzt als Waise, verlassen, ohne Freunde und arm befand? Doch damals, so achtlos und unerfahren ich in solchen Dingen war, wusste ich noch nicht, wie schnell das Mitleid im Herzen eines jungen Mannes in tiefere Gefühle übergeht, wenn das Objekt jung, schön und liebevoll und allein auf der Welt ist.

Die Sonne ging über einer wilden Szenerie aufgewühlter, fließender, schäumender Wasser unter, die sich dunkelgrün verfärbten, als sie am westlichen Himmel entlangsprangen und brachen. Der Himmel hatte eine donnernde, rauchige Tönung, mit einem heißen, trüben und stürmischen Scharlachrot, das die Wolken bis zum Zenit trieb. Doch der Wind hatte im Laufe des Nachmittags nicht zugenommen. Er hatte sich zu einer steifen Brise entwickelt, die gut für Auswärtsreisende war, aber von einer Art, die alles, was nicht Dampf war, nach Norden schickte und die Rahen vorn und hinten und die Wendepunkte klagend nach Osten und Westen zerstreute.

Mittlerweile hatte ich mich sehr gut an die Bewegung des Luggers gewöhnt, hatte seinen leichten Flug von der Wasseroberfläche in ein schaumbedecktes Tal bemerkt, den wieder schwungvollen Vorwärtsschwung, das stetige Anstürmen auf die schäumende See, mit Schaum bis zur Relinglinie, und die Luft war für einen Augenblick schneeweiß mit Gischt, und die ganze Zeit war das Innere des Bootes so trocken wie Toast. Dies, sage ich, hatte ich mit zunehmender Bewunderung der seetüchtigen Eigenschaften dieses kräftigen, federnden, robusten kleinen Gebildes bemerkt; und ich war mir der Angst nicht mehr bewusst, die mich früher gepackt hatte, wenn ich daran dachte, wie dieser Lugger ohne Deck mit einer starken und stürmischen See kämpfte – ein bloßes Gähnen auf dem Wasser rettete sein Vorschiff –, so dass eine einzige Welle, die über die Reling stürzte, ihn auf den Grund schicken musste.

„Kein Wunder", sagte ich zu Helga, als wir da saßen, den Sonnenuntergang beobachteten und das Verhalten des Bootes beobachteten, „dass diese Deal-Lugger den besten Ruf aller Hafenschiffe an der englischen Küste haben, wenn sie alle wie dieses Schiff sind! Das Abenteuer ihrer Besatzung nach Australien ist nicht mehr das Erstaunen, das ich anfangs empfand. Mit einem solchen Schiff könnte man furchtlos um die Welt segeln."

„Ja", antwortete sie mir leise ins Ohr – denn der mürrische Thomas saß dicht neben mir – „wenn die Männer die Eigenschaften des Bootes hätten! Aber wie sollen sie Australien erreichen, ohne den Längengrad zu kennen? Und wenn Sie einer der Teilnehmer wären, würden Sie Abrahams Breitengrad trauen? Mein Vater hat mir die Navigation beigebracht, und obwohl ich darin alles andere als geschickt bin, weiß ich genug, um sicher zu sein, dass eine so grobe Beobachtung, wie Abraham sie heute machte, ihn alle vierundzwanzig Stunden drei oder vier Meilen falsch liegen lässt, selbst in seinem Breitengrad. Wohin wird die *Early Morn dann* stolpern?"

„Nun, sie sind eindeutig eine sensible Truppe", sagte ich, „und wenn wir ihr Wohlwollen gewinnen wollen, besteht unsere Aufgabe darin, bewundernde Gesichter aufzusetzen, alles richtig zu finden und nichts zu sagen."

Dieser Chat wurde durch den Beitritt Abrahams zu uns beendet.

„Nun, Lady", sagte er, „wann möchten Sie anlegen? Die Vorpiek gehört Ihnen für die Nacht. Nennen Sie die Uhrzeit, und wer auch immer darin ist, muss verschwinden."

„Ich bin wirklich dankbar!", rief sie aus und legte ihre Hand auf hübsche, zärtliche Weise auf seine große, haarige Pfote.

„Abraham", sagte ich, „ich hoffe, wir werden uns nach unserer Trennung wiedersehen. Ich werde Ihre Freundlichkeit gegenüber Miss Nielsen nie vergessen."

„Sagen Sie nichts darüber, Sir, sagen Sie nichts darüber!", rief er herzlich. „Sie ist die Tochter eines Seemanns, obwohl er kein Engländer war. Ihr Vater ist ertrunken, Mr. Tregarthen. Wenn er wie seine Tochter war, hatte er ein gutes Herz, Sir, und die Art von Gesicht, die einem auf den ersten Blick auffällt." Im rostigen Licht, das noch immer im Westen leuchtete, sah ich, wie er den Kopf drehte, um nach vorne und dann nach hinten zu schauen; dann senkte er seine Stimme zu einem tiefen Meeresknurren und rief: „Da ist noch etwas, was ich sagen möchte: Keiner von Ihnen braucht auf den alten Tommy zu achten. Seine Gefühle sind in Ordnung; es sind seine Wege, die falsch sind. Tatsache ist", und hier warf er einen weiteren Blick nach vorne und dann nach hinten, „Tommy war in seinen Ehen ein enttäuschter Mann." Seine erste Frau begann zu trinken und kämmte sich ständig mit einem dreibeinigen Hocker die Haare, wie Jack sagt. Seine zweite Frau hat ein Herz aus Feuerstein, obwohl sie ihm zehn Kinder geschenkt hat, vier von ihrem ersten und sechs von Tommy. Natürlich hat das nichts mit *mir zu tun*, aber Molly Budd – ich meine Tommys Frau – ist in ganz Deal – ja, man könnte sagen in ganz Kent – nicht so verkommen wie Molly Budd – ich meine Tommys Frau –, was Lasterhaftigkeit angeht. Tommy gestand mir eines Tages, dass er, obwohl sie Kinder verloren hatte – ja, und obwohl sie oft viel Geld verloren hatte – nie erlebt hatte, dass sie eine Träne vergoss, um ihre Liebe zu retten. Das war, als sie ausging und sauste. Der Hausherr hatte die Angewohnheit, den Bierschlüssel im Fass zu lassen, damit der Bierdiener das Bier ausschenken konnte. Molly Budd war eines Tages gerade beim Putzen, als die Nachricht kam, dass der Schlüssel aus dem Fass gezogen und nie wieder darin gelassen werden sollte. Das schreckte Molly auf. Sie brach zusammen und weinte eine Stunde lang. Tommy hatte einige Hoffnungen in sie gesetzt, aber sie versiegte später und hat seitdem nie wieder Schwäche gezeigt. Aber das bleibt natürlich eine Angelegenheit zwischen Ihnen und mir und dem Bettpfosten, Mr. Tregarthen.'

„Oh, natürlich!" sagte ich.

„Und nun zum Schlaf der Dame", fuhr er fort.

„Ich wollte sie unbedingt gemütlich unter Dach sehen, aber sie wollte nicht wissen, wie ich zur Ruhe kommen sollte. Ich zeigte auf den offenen Raum unter dem überhängenden Deckrand, den ich zuvor beschrieben habe, und sagte ihr, dass ich dort ein so gutes Schlafzimmer finden würde, wie ich brauchte. Nach einigen kurzen Diskussionen wurde vereinbart, dass sie um neun Uhr die Vorpiek einnehmen sollte, und in der Zwischenzeit übernahm Abraham die Aufgabe, die Öffnung unter Deck mit einer zusätzlichen Besanmastrah und einem Segel so abzuschotten, dass ich so viel Schutz hatte, wie ich brauchte. Ich glaube, er bemerkte Helgas Besorgnis um mich und schlug dies nur vor, um ihr einen Gefallen zu tun: und aus demselben Grund willigte ich ein, obwohl ich den armen, ehrlichen Kerlen keine unnötige Mühe bereiten wollte.

Als die Dämmerung sich verzog, wurde die Nacht sehr schwarz. Ein paar magere, windige Sterne schwebten blass in den dunklen Höhen, und vom Himmel fiel überhaupt kein Licht; aber die Atmosphäre tief über dem Ozean war blass vom Glanz des Schaums, der sich in Hülle und Fülle aus den

Wellen wölbte, und diese vage Beleuchtung war in dem Boot so stark, dass unsere Gestalten einander fast sichtbar waren. Tatsächlich durchfuhr jedes Mal, wenn der Lugger sich in den Schaum vergrub, der durch seine stürmischen Sprünge aufgewirbelt wurde, eine Art Welle gespenstischen Glanzes die Dunkelheit, in der wir saßen, als ob der schwache Widerschein einer riesigen Laterne von oben auf uns geworfen worden wäre, von einer gewaltigen Schattenhand, die nach dem suchte, was auf dem Meer sein könnte.

Als es neun Uhr war, ging Abraham nach vorn und verscheuchte Thomas aus dem Vorschiff. Der Mann murmelte, als er nach achtern zu uns kam, aber ich war entschlossen, zu dieser Zeit nicht auf das zu hören, was er sagen würde. Ein in seiner Ruhe gestörter Seemann, grimmig, ungeschoren, kaum wach, der seine Decke gegen den beißenden Nachtwind eintauschen muss, ist sprichwörtlich der mürrischste und knurrigste aller menschlichen Elenden.

„Ich begleite dich bis zur Tür deines Zimmers, Helga", sagte ich lachend. „Abraham, kannst du der Dame diese Laterne überlassen? Sie wird sie nicht lange brauchen."

„Sie kann es haben, solange sie möchte", antwortete er. „Gute Nacht, Mama, und ich hoffe, du schläfst gut. Ich fürchte, du wirst es auf dem Vorschiff nach der Stille in der Kabine eines großen Schiffes ein bisschen laut finden."

Sie gab eine Antwort, und ich nahm die Laterne, die auf dem Boden des Bootes platziert worden war, damit wir uns drum herumsetzen konnten, und kletterte mit meinem Begleiter über die Duchten zur Luke.

„Das ist ein dunkles kleines Loch für dich zum Schlafen, Helga", sagte ich und hielt die Laterne über die Luke, während ich nach unten spähte. „Aber damals – letzte Nacht um diese Zeit! Unsere Chancen kennen wir *jetzt*, aber was waren unsere Hoffnungen?"

„Vielleicht sind wir morgen Nacht um diese Zeit noch sicherer", antwortete sie, „und wir wollen beten, dass wir schnell auf England zusteuern!"

„Ja, wirklich!", sagte ich. „Gut, wenn Sie nach unten kommen, werde ich Ihnen das Licht reichen. Gute Nacht, schlaf gut und Gott segne Sie!"

Ich ergriff und hielt ihre Hand, dann ließ ich sie los, und sie stieg herab und trug das kleine Päckchen mit sich, das sie aus der Barke mitgebracht hatte.

Ich gab ihr die Laterne und kehrte zurück, um im Schutz der Heckschoten im Boden des Bootes eine Pfeife zu rauchen, bevor ich zu dem Segel kroch, das unter dem überhängenden Deck mein Bett bilden sollte. Thomas, dessen Wache darunter noch lag, ruhte sich bereits unter dem Sims aus, Abraham steuerte und Jacob saß mit einer Pfeife im Mund in Lee. Mir fiel auf, dass sich einer dieser Männer immer in unmittelbarer Reichweite der Vorschot aufhielt. Abrahams Gespräche drehten sich ausschließlich um Helga. Er stellte viele Fragen über sie und brachte mich dazu, zum zweiten Mal die Geschichte vom Tod ihres Vaters auf dem Floß zu erzählen. Er brach häufig in schlichte Beileidsbekundungen aus, und als ich innehielt, nachdem ich ihm erzählt hatte, dass das Mädchen eine Waise und mittellos war, sagte er:

„Verzeihen Sie, Mr. Tregarthen, aber darf ich so frei sein und fragen, ob das so ist, da Sie verheiratet sind?"

„Nein", sagte ich. „Ich bin Single."

„Und gehört ihr das Herz, Sir, wissen Sie das?", fragte er. „Denn es ist durchaus möglich, dass sie an Land mit einem jungen dänischen Herrn zusammen ist."

„Das kann ich Ihnen nicht sagen", sagte ich.

„Wenn es so ist, als ob ihr Herz ihr gehört", sagte er, „dann glaube ich, dass sogar der alte Tommy ihr sagen könnte, was passieren wird."

„Was meinst du?", fragte ich.

„Aber natürlich", sagte er, „Sie müssen sie ja heiraten!"

Da sie außer Hörweite war, konnte ich mir ein Lachen durchaus leisten.

„Nun", sagte ich, „das Meer hat schon wunderbarere Dinge verursacht als das! Wie dem auch sei, wenn ich sie heiraten soll, musst du mir dabei helfen, indem du uns so schnell wie möglich nach Hause schickst."

„Oy", sagte er, „das machen wir, und ich glaube nicht, Herr, dass Sie es eilig haben, zu warten, bis wir aus Australey zurück sind, damit Tommy und Jacob und ich die Genugtuung haben, auf Ihre Gesundheit anzustoßen und bei Ihrer Hochzeit einen Streich zu spielen."

Jacob brach in ein kurzes Brüllen aus, das vielleicht ein Lachen bedeutete, vielleicht aber auch nicht.

„Ich werde jetzt schlafen gehen", sagte ich, „denn ich bin müde. Aber zuerst werde ich nachsehen, ob Miss Nielsen etwas braucht, und Ihnen dann die Laterne nach achtern bringen."

Ich ging nach vorne und schaute durch die Luke. Indem ich mich bückte, sodass mein Gesicht auf gleicher Höhe mit der Süllkante war, konnte ich das Mädchen sehen. Sie hatte die Laterne in ihre Koje gestellt und kniete zum Gebet nieder. Das Bild ihrer Mutter stand hinter der Laterne, wo es für sie sichtbar war, und sie hielt die Bibel, die sie aus der Barke mitgebracht hatte; aber dass sie sie in diesem Licht lesen konnte, bezweifelte ich. Ich nahm daher an, dass sie sie während des Gebets wegen ihrer Heiligkeit als Gegenstand und Reliquie hielt, so wie ein Katholik ein Kruzifix halten würde.

Ich kann nicht in Worte fassen, wie sehr mich dieses einfache Bild berührt hat. Um keinen Preis hätte ich gewollt, dass sie erriet, dass ich sie beobachtete; und doch fühlte ich mich nicht als Eindringling, da ich wusste, dass sie sich meiner Nähe nicht bewusst war. Sie hatte ihren Hut abgenommen; das Laternenlicht berührte ihr helles Haar, und ich konnte sehen, wie sich ihre Lippen bewegten, während sie betete und häufig ihre sanften Augen hob. Aber die Schönheit, das Wunderbare, die Eindringlichkeit dieses Bildes jungfräulicher Hingabe kam von dem, was es umgab. Die kleine, schwach bestrahlte Vorpiek wirkte wie die Fantasie eines alten Malers, auf dessen Schatten und Lichtern der meisterhaften Leinwand die Düsternis der Zeit liegt. Der starke Wind war erfüllt vom Lärm der kämpfenden Wasser und seinem eigenen wilden Schreien; der Schaum der Brandung toste um den spaltenden Bug des Luggers, und dazu kamen die schnellen Sprünge, das waagerechte Ausbalancieren, das steile Abwärtssausen des kleinen Gebildes auf der weiten, dunklen Brust des windgepeitschten Atlantiks.

Sie stand auf und legte, immer gebückt, da sie zu groß war als das Oberdeck, die Bibel und das Bild sorgfältig in ihre Hüllen zurück. Ich zog mich zurück, wartete ein oder zwei Minuten, kam dann wieder näher und rief hinunter, um zu fragen, ob alles in Ordnung sei. „Ja, Hugh", antwortete sie und kam mit der Laterne unter die Luke. „Ich habe mein Bett gemacht. Es war leicht zu machen. Willst du dieses Licht nehmen? Die Männer brauchen es vielleicht, und ich muss hier unten nicht nachsehen."

Ich ergriff die Laterne und sagte ihr, ich würde sie in die Luke halten, damit sie ihr Licht spenden könne, während sie in ihre Koje kletterte.

„Gute Nacht, Hugh", sagte sie und rief mir dann mit ihrer klaren, sanften Stimme zu, dass sie sich hinlegte. Daraufhin nahm ich die Laterne nach achtern, kroch ohne weiteres unter die Plattform oder das Floß, wie die Bootsleute von Deal es nannten, schlüpfte in ein Segel und war nach wenigen Augenblicken fest eingeschlafen.

Und nun sahen wir drei Tage lang nichts, so unglaublich es auch klingen mag, wenn man den Teil des Meeres kennt, den der Lugger gerade durchquerte — nichts, was uns auch nur die geringste Gelegenheit gegeben hätte, darüber zu sprechen. In sehr langen Abständen war es nur ein kleiner Streifen Segeltuch an der Steuerbord- oder Backbordseite oder ein Rauchfleck von einem Dampfer, dessen Schornstein unter dem Horizont lag; sonst nichts, und diese Dinge waren so weit entfernt, dass die trüben Erscheinungen für uns so nutzlos waren, als hätte es sie nie gegeben.

Der Wind kam aus Nord, und am Freitag und Samstag wehte er frisch, und in diesen Stunden rechnete Abraham damit, dass der *Early Morn* jeden Tag gut zweihundertzwanzig Meilen zurückgelegt hatte, von Mittag bis Mittag gezählt. Ich suchte unentwegt das Meer ab, und Helgas Blick war ebenso beständig wie meiner; bis die ewige Öde der gewundenen Linie des Ozeans eine Art Herzschmerz in mir auslöste, und ich in leidenschaftlicher Verärgerung und Enttäuschung von der Ruderbank stieg und fragte, was passiert war, dass kein Schiff kam? In welchen Teil des Meeres waren wir getrieben? Konnte dies wirklich die Grenze des Atlantiks vor der Küste und den Gewässern von Biscaya sein? Oder waren wir von irgendeinem Teufel in einen unbefahrenen Ozeanabschnitt auf der anderen Seite der Welt verfrachtet worden?

„An Schiffen mangelt es nicht", sagte Abraham. „Das Problem ist, dass wir nicht auf sie treffen. Meine Güte, wenn ich nur eins finden würde, das mir eine Chance gibt, würde ich es angreifen, selbst wenn es die Leinwand eines *Ryal Jarge zeigen würde* ."

„Wenn das so weitergeht, müssen Sie uns nach Australien bringen", sagte ich. Meine Stimmung, während ich sprach, verriet mir, dass ich ein ungewöhnlich langes und trübseliges Gesicht machte.

„Hoffentlich nicht", rief Tommy mürrisch, der zu diesem Zeitpunkt des Gesprächs am Steuer stand. „Es ist nicht so, dass wir etwas gegen Ihre Gesellschaft haben, aber wo soll das Essen für fünf Seelen herkommen?"

„Sag nichts darüber", sagte Abraham scharf. „Sowohl der Herr als auch die Dame haben ihr eigenes Essen mitgebracht. *Das* weißt du, Tommy, und ich gebe zu, dass du ihren Schinken auch nicht schlecht fandest. Sie kamen", fügte er hinzu und wurde sanfter, als er seinen Kumpel ansah, „wie die Zwillinge eines armen Mannes, jedem mit einem Laib Brot, den die Engel auf den Rücken gedrückt haben."

Es stimmte, dass die Vorräte, die wir vom Floß genommen hatten, Helga und mir gereicht hätten – ich schätze, für einen ganzen Monat und vielleicht sechs Wochen, wenn nicht die drei von der Mannschaft auf den Vorrat zurückgegriffen hätten; und deshalb machte es mir keine Sorgen, dass wir die dürftige Speisekammer der armen Kerle anknabberten. Aber trotz alledem berührte mich Thomas' Bemerkung sehr. Ich fühlte, dass die drei Kerle, so herzhaft und seemannsmäßig Abraham und Jakob auch waren – ich sage, ich fühlte, dass diese drei Männer, wenn sie uns nicht schon überdrüssig waren, es bald werden mussten, insbesondere wenn sie auf kein Schiff stoßen sollten, das sie mit dem versorgen könnte, was sie brauchen könnten; in diesem Fall müssten sie den nächsten Hafen ansteuern, eine Verzögerung, die sie uns zuschreiben würden, und die ihnen vielleicht ein Murren in den

Magenmägen bescheren und uns beide unglücklich machen könnte, bis wir an Land kämen.

Ich war jedoch kein Totenbeschwörer; ich konnte keine Schiffe heraufbeschwören, und es half uns auch nicht, auf die Meereslinie zu starren; aber ich erinnere mich sehr gut, dass diese Zeit des Wartens, der Erwartung und der Enttäuschung sehr schwer auf meiner Seele lastete. Die Trostlosigkeit dieses Meeres hatte etwas so Seltsames an sich, dass ich melancholisch und phantasievoll wurde, und ich erinnere mich, dass ich ein dunkles Ende meines außergewöhnlichen Abenteuers mit Helga vorausahnte, so sehr, dass ich mir insgeheim zu Herzen nahm, dass ich meine Mutter nie wiedersehen würde – nein, dass ich mein Zuhause nie wiedersehen würde.

Sonntagmorgen kam. Als ich unter dem überhängenden Felsvorsprung aus meinem Segel kroch, war es ein schöner, heller Tag. Der Wind kam in der Nacht aus Osten, und die *Early Morn* surrte mit ihrem Schot achtern über die lange Dünung, die in strahlenden Streifen im blitzenden Kielwasser der Sonne an sie heranströmte und randvoll war. Jacob stand am Ruder, und als ich auftauchte, zeigte er sofort nach vorn. Ich sprang auf eine Ruderbank und sah direkt über dem Bug den schrägen, alabasterartigen Schaft einer Schiffsplane.

„Wie steuert sie?", rief ich.

„Eine Ohrfeige für uns", antwortete er.

„Kommen Sie!", rief ich mit plötzlicher Freude, „wir werden Ihnen hoffentlich endlich zum Abschied die Hand schütteln. Sie müssen ihr ein Zeichen geben", fuhr ich fort und blickte auf die Mastspitze des Loggers. „Welche Flagge werden Sie hissen, um ihr Ihre Wünsche mitzuteilen?"

„Seht ihr die Stange dort?", rief Thomas grunzend und deutete mit dem Zeigefinger, der wie eine Schaufel aussah, auf die Ersatzbäume an der Seite des Bootes. Ich nickte. „Na", sagte er, „ich nehme an, ihr wisst, was der Jack ist?"

„Sicher", sagte ich.

„Also", wiederholte er, „wir schnappen uns den Wagenheber, hängen ihn an die Stange da und wenn sie das nicht aufhält, dann liegt es daran, dass sie eine Ladung Weizen an Bord haben, dessen Dämpfe ihnen in die Augen gedrungen sind und sie blöd gemacht haben."

„Das stimmt", sagte Jacob und nickte.

In diesem Moment kam Abraham unter Deck hervor und im nächsten Moment stieg Helga durch die kleine Luke auf, und sie gesellten sich beide zu uns.

„Endlich, Helga!", rief ich mit triumphierendem Gesicht und zeigte.

Sie blickte eine Weile schweigend mit ihren klaren blauen Augen auf das sich nähernde Schiff, als wolle sie sich vergewissern, in welche Richtung es steuerte. Dann faltete sie die Hände und rief mit einem Seufzer: „Ja, endlich. Hugh, dein Zuhause ist jetzt nicht mehr so weit weg."

„Wie sieht sie aus?", sagte Abraham, nahm die Fingerknöchel aus den Augen und starrte.

Er holte ein kleines altmodisches Hafenteleskop aus dem Spind, richtete es aus und sagte: „Ein kleines Bockschiff. Ein Ausländer." Er spähte noch einmal. „Ein Hamburger", rief er. „Schau mal, Tommy!"

Der Mann setzte das Glas an sein Auge und lehnte sich gegen das Geländer. Sein Mund lag mit einem säuerlichen Lächeln unter dem kleinen Teleskop, als er hindurchstarrte.

„Ja, eine ganze Schale und ein Hamburger", sagte er, „und sie kommt gleich mit. Ich gebe zu, es bleibt keine Zeit, die Kaffeekanne zu kochen, bevor sie auf gleicher Höhe ist", fügte er hinzu und warf einen hungrigen, mürrischen Blick auf den kleinen Kochherd.

„Du kannst das Foire anhalten, Tommy", sagte Abraham, „wenn ich ihr ein Signal gebe." Und während er das sagte, holte er einen englischen Jack aus dem Schrank, in dem er Seife, Handtücher und, wie mir schien, so ziemlich alle kleinen Habseligkeiten der Mannschaft aufbewahrte. Nachdem er die Flagge am Ende der Stange befestigt hatte, warf er sie über Bord und begann damit zu winken. Er tat dies so lange, bis es unmöglich war, daran zu zweifeln, dass die Leute der kleinen Barke das Signal gesehen hatten. Dann ließ er die Stange mit der darauf wehenden Flagge auf der Reling ruhen und ergriff die Fockfalle, um das Segel fallen zu lassen.

Mit atemloser Angst wartete ich auf die Annäherung der Barke. Ich zweifelte keinen Augenblick daran, dass sie uns an Bord nehmen würde, und meine Gedanken flogen voraus zu dem Moment, in dem Helga und ich sicher an Bord sein würden: wenn wir uns umsahen und ein robustes kleines Schiff unter unseren Füßen entdeckten, den Logger mit seinen armen, tapferen Matrosen aus Deal, der von uns weg im Süden stand, und den Horizont, hinter dem die Küste von Old England lag, klar über dem Bug.

„Schieb uns dicht neben uns, Jacob", rief Abraham.

„Sollst du dich anhängen, Abraham?", fragte Jacob.

„Das ist nicht nötig", antwortete Abraham. „Wir werden sie an Land ziehen und anhalten. Sie wird ihre Segel setzen und ich werde die Leute an Bord des Kahns bringen."

„Ich habe mein Päckchen auf der Vorpiek gelassen", sagte Helga und machte sich auf den Weg, es zu holen.

„Ich bin flinker, als du es jetzt sein kannst, Helga", sagte ich lächelnd und meinte damit, dass sie jetzt in ihrem Mädchenkleid nicht mehr so flink war wie ich.

Ich sprang nach vorn, stürzte mich durch die Luke, nahm das Paket aus der Koje und kam damit zurück, und das alles in so wilder, fieberhafter Eile, dass man hätte meinen können, der Lugger würde sinken und ein Augenblick könne für mich Leben oder Tod bedeuten. Abraham grinste, machte aber keine Bemerkung. Thomas kniete vor dem Ofen und blies mürrisch einige Späne weg, die er angezündet hatte. Jacob, mit hölzernem Gesicht am Ruder, hielt den Bug der *Early Morn* auf einer Linie mit dem herankommenden Schiff.

Die Barke war voll bespannt und neigte sich hübsch in der angenehmen Brise, die hell aus dem östlichen Himmelszug blies und durch die hoch aufragende Sonne noch herrlicher wurde. Ihr Rumpf lag milchweiß auf dem dunkelblauen Wasser, und ihre Segel hoben sich in Quadraten, die wie Perlmutt aussahen, mit der Mischung aus Schatten und blitzendem Licht, die durch ihr Rollen entstanden, so dass die Tücher wie gewässerte Seide oder wie das Innere einer Austernschale aussahen. Aber es war die Entfernung und die Freude, die ihr Kommen in mir auslöste, die ihr den Zauber verlieh, den ich in ihr fand, denn als sie sich näherte, verlor ihr Rumpf seinen Schneesturmglanz und zeigte sich etwas schmuddelig mit rostigen Flecken aus den Speigatten. Auch ihre Segeltuchstruktur hatte ihre Symmetrie verloren und zeigte einen schlecht geordneten Haufen Tücher. Die meisten Schoten spannten sich in einiger Entfernung von den Rahscheibenlöchern, und außerdem fiel mir die Entstellung eines Stumpfes der Fockmars-Bramme auf.

„Schmutzig wie eine Portugiesin", sagte Abraham, „und doch ist sie trotzdem Jarman."

„Ich persönlich war den Jarmans nie ganz gewogen", sagte Jacob. „Sie sind ein ruppiges Volk, aber sie sind nicht sauber. Geben Sie mir die Holländer. Was gibt es Besseres als ihre Käse? In England gibt es in der Käsebranche nichts, das diesen holländischen Kanonenkugeln gleicht, die außen ganz rosa und hinten ganz cremefarben sind."

„Meinen Sie mit Hamburger ein Hamburger Schiff?" fragte Helga.

„Ja, Lady, das stimmt", antwortete Abraham.

„Dann geht es nach Hamburg", sagte das Mädchen.

„Stellen Sie sich die Frage", antwortete Abraham – und das ist die Art der Deal-Bootsführer, „ja" zu sagen.

Sie sah mich an.

„Es wird alles gleich sein", sagte ich und deutete den Blick. „England liegt nur auf der anderen Seite der Strecke von Hamburg. Lass uns jedenfalls nach Hause gehen. Wir sind schon genug nach Süden gefahren, Helga."

„Tommy!", sang Abraham, „gib dem Jack da noch eine Schnörkelrede, ja?"

Der Mann tat dies, wobei er seinen kräftigen Körper in zahlreichen merkwürdigen Verrenkungen verdrehte, legte dann die Stange nieder und kehrte zum Ofen zurück.

„An Bord scheint nicht viel Leben zu sein", sagte Jacob und beäugte die Barke. „Ich kann nur den schmalen Kopf über der Reling des Vorschiffs zählen."

„Hölle runter, Jacob!", brüllte Abraham, und während er die Worte sprach, ließ er die Fockfalle los und das Segel kam herunter.

Der Lugger, von dem nichts als sein kleines Besansegel zu sehen war, verlor die Orientierung und hob und senkte sich leise quer zur Bark, deren Bug direkt auf uns gerichtet war, als ob sie uns niederstrecken müsste. Als sie nur noch wenige Kabellängen von uns entfernt war, drehte sie leicht das Ruder und zog ab. Ein Mann sprang auf die Reling des Vorschiffs und schrie uns an, wobei er seine Arme in einer bewegungsreichen Bewegung hin und her fuchtelte, als ob er uns beschimpfen wollte, weil wir auf Reede geraten waren. Wir spitzten die Ohren.

„Was sagst du?", knurrte Abraham und sah Helga an.

„Ich verstehe ihn nicht", antwortete sie.

„Barke ahoi!", brüllte Abraham.

Der Mann auf dem Vorschiff verstummte und beobachtete uns über seine verschränkten Arme hinweg.

„Barke ahoi!", rief Jacob.

Das Schiff zeigte uns nun seine ganze Länge. Auf Jacobs Rufe hin kam ein Mann ganz ruhig zur Reling in der Nähe der Besantakelung und stieg mit trägen Bewegungen auf die Reling, wo er stehen blieb, sich an einem Achterstag festhielt und uns leblos anstarrte. Das Schiff war so nah, dass ich jedes Merkmal des Kerls erkennen konnte, und ich sehe ihn jetzt, während ich schreibe, mit seiner Pelzmütze und seinem langen Mantel und seinen Halbstiefeln und seinem Bart wie Werg. Das Schiff wurde offensichtlich von einem Rad tief hinter dem Deckshaus gesteuert, und weder Ruder noch Steuermann waren zu sehen – eigentlich kein Lebewesen, abgesehen von der reglosen Gestalt auf dem Vorschiff und der ebenso leblosen Gestalt, die sich am Achterstag festhielt.

„Barke ahoi!", donnerte Abraham. „Setzt eure Segel, ja? Hier ist eine Dame und ein Herr, die wir an Bord bringen wollen; sie sind in Not. Sie haben Schiffbruch erlitten – sie wollen nach Hause. Dreht bei, um Himmels Willen, wenn ihr so wollt, wie ihr seid *!* "

Keine der beiden Figuren zeigte Anzeichen von Vitalität.

„Was? Sind das Leichen?", rief Abraham.

„Nein, das sind Weicheier, das sind Jarmans!", antwortete Jacob und spuckte wütend.

Plötzlich nickte uns der Kerl, der achtern war, zu, küsste ihm die Hand, stieg feierlich ab und verschwand. Niemand war zu sehen außer dem Mann vorne, der eine Minute später ebenfalls verschwunden war.

Abraham holte tief Luft und sah mich an. Sein Gesichtsausdruck veränderte sich plötzlich. Sein Gesicht lief rot vor Zorn, und mit einem seltsamen, plumpen Sprung sprang er auf die Bordwand, wobei er sich mit einer Hand am Besanmast festhielt und mit der anderen Faust in leidenschaftlicher Ekstase dem sich entfernenden Schiff entgegen schüttelte.

„Nennt euch *Männer* !", brüllte er. „Ich werde euch die Polizei auf den Hals hetzen! Ich werde euch melden! Glaubt nicht, ich kann nicht buchstabieren. HANSA – *Hansa* . Da steht es, riesengroß auf eurem blühenden Stern geschrieben! Ich werde mich an euch erinnern! Ihr Wurstfresser! Ihr Schurkenbankiers! Ihr Schreckgespenster! Ihr Ungeziefer! Ihr nennt euch *Seeleute* ? Gebt mir nur eine Chance, längsseits zu kommen!"

Er tobte weiter in dieser Art und Weise und spickte seine Worte mit Worten, die Helga an die Seite des Bootes trieben und sie dort mit abgewandtem Gesicht festhielten; aber trotzdem war es unmöglich, ernst zu bleiben. Verärgert, ja, verrückt, so sehr ich auch durch die Enttäuschung war, konnte ich nur noch versuchen, meine Haltung zu bewahren. Das Absurde daran war, auf ein Schiff zu rasen, das schnell außer Hörweite vorbeigefahren war und auf dessen Deck keine lebende Seele zu sehen war.

Nachdem Abraham alle ihm einfallenden Beschimpfungen erschöpft hatte, stieg er ab, warf seine Mütze auf den Boden des Bootes, trocknete sich die Stirn, indem er mit seinem ganzen Arm daran entlang fuhr, und rief:

„So! – *jetzt* habe ich ihnen etwas zum Nachdenken gegeben!“

„Na, es war ja keine Menschenseele da, die auch nur ein Wort von dem gehört hat, was Ihr gesagt habt“, rief Thomas, der immer noch am Ofen arbeitete, ohne aufzusehen.

„Sehen Sie mal!“, rief Abraham und ging mit der Hitze eines Mannes auf ihn los, der froh ist, einen weiteren Vorwand zum Streiten zu haben. „Verdammt, *Sie* haben nichts zu sagen. Keine Bosheit von *Ihnen* , und das sage ich Ihnen! Ich weiß alles über Sie. Wann haben Sie zuletzt Ihre Miete bezahlt, hm? Beantworten Sie mir das!“, höhnte er.

„Oh, das ist es, oder? Das ist die Tageszeit, was?“, knurrte Thomas, sah sich langsam, aber grimmig zu Abraham um und erhob sich stur in eine drohende Haltung, die durch den Priestermantel, den er trug, völlig lächerlich wirkte. „Und was hat meine Miete mit dir zu tun? Wenn ich mit meiner Miete auch ein bisschen im Rückstand *bin* , wurde mein Vater nie sechs Monate lang eingesperrt.“

„Sag, wegen Schmuggels, Tommy, sag, wegen Schmuggels, sonst denken die Leute, die hier zuhören, der alte Mann hätte etwas Unrechtes getan“, sagte Jacob.

Helga nahm mich am Arm.

„Hugh, bring sie zum Schweigen! Es wird sonst zu Handgreiflichkeiten kommen.“

„Nein, nein“, sagte ich schnell und leise. „Ich kenne diese Art von Männern. Sie müssen noch viel mehr schreien, bevor sie die Fäuste ballen.“

Dennoch war es ein dummer Wutanfall, der nur schnell beendet werden konnte.

„Komm, Abraham“, rief ich und wartete, bis er Thomas noch eine weitere beleidigende Frage zugebrüllt hatte, „lass uns die Segel setzen und der Sache ein Ende bereiten. Die Probe des Temperaments sollte ich machen, nicht du. Das Glück scheint nicht auf meiner Seite zu sein, und ich bitte dich als guten Kerl und englischen Seemann, Miss Nielsen keine Angst zu machen.“

„Warum will Tommy mich veräppeln?“, sagte er und hauchte seinem Kumpel immer noch trotzig aus seinen großen Nasenlöchern und seinem blutroten Gesicht entgegen.

„Was hat meine Miete mit dir zu tun?“, rief der andere.

„Und was hat mein Vater mit dir zu tun?“, brüllte Abraham.

„Ich sage, Jacob!“, rief ich, „um Gottes Willen, lass uns zu den Fallschirmen rennen und von vorne beginnen. Das Ganze hat keinen Sinn!“

„Komm, Abey! Komm, Tommy!", brüllte Jacob. „Auf, Kameraden! Mehr als genug wurde gesagt." Und damit packte er die Fallen, und ohne ein weiteres Wort packten Abraham und Thomas das Seil, und das Segel wurde am Mast gesetzt.

Abraham ging zum Ruder, die anderen beiden machten sich an die Arbeit, das Frühstück zuzubereiten, und dann, in einer Stille, die nach dem rauhen, heiseren Lärm des Streits nicht wenig erfrischend war, surrte der Lugger erneut weiter.

„Das nächste Mal werden wir mehr Glück haben", sagte Helga und sah mich wehmütig an. Und ich wusste, dass mein Gesicht keinen Mangel an Sorge erkennen ließ. Jetzt herrschte Frieden im Boot. Die berüchtigte kaltblütige Gleichgültigkeit der Schurken, an denen wir gerade vorbeigefahren waren, machte mich fast verrückt.

„Wir hätten verhungern können", sagte ich. „Wir hätten umkommen können, weil wir nicht genug Wasser trinken konnten, und trotzdem hätten uns die Schurken so behandelt."

„Es ist nur so, dass wir noch ein wenig warten müssen, Hugh", sagte Helga leise.

„Ja, aber wie lange noch, Helga?", sagte ich. „Müssen wir auf Kapstadt oder vielleicht Australien warten?"

„Mr. Tregarthen – lassen Sie sich nicht von Ihrer Fantasie übermannen!", rief Abraham mit einer gelassenen Stimme, die nach seinem jüngsten Ausbruch nicht wenig erstaunlich war; obwohl ich die Hafenarbeiter ziemlich gut kenne und mir sehr wohl bewusst bin, dass die Worte, die diese Kerle einander an den Kopf werfen, wenig bedeuten und normalerweise zu nichts führen – es sei denn, die Männer sind betrunken –, war ich von der Veränderung unseres Freundes nicht sehr überrascht. „Es gibt nichts, was den Geist schneller aus der Fassung bringt als die Fantasie. Ich will Ihnen eine Geschichte erzählen. Da ist ein alter Kerl namens Billy Buttress, der an unserem Strand herumkriecht. Ein kleiner Enkel von ihm hat die Gläser aus seiner Brille genommen, um sich zu amüsieren. Wenn der alte Billy sie zum Lesen aufsetzt, singt er laut: „Gott segne mich, ich bin ganz blond geworden!" und zitternd und ganz ruhig, wie man so sagt, holt er sein Taschentuch heraus, um die Gläser zu putzen, weil er glaubt, es könnte Schmutz sein, der seine Sicht behindert, und dann schreit er: „Herrgott, wenn ich nicht mein Gefühl verloren habe!" Er ließ sich nicht beruhigen, bis sie nach einem Pint Bier schickten und ihm zeigten, dass seine Gläser herausgenommen worden waren. Das ist Einbildung, Meister. Haben Sie keine Angst. Wir werden Sie in Kürze an Bord eines Heimreiseschiffs setzen.'

Als die Jungs mit dem Frühstück fertig waren, war der Rumpf der Barke am Heck außer Sicht. Man sah nichts weiter von ihr als ein kleines, schwebendes Stück Segeltuch, und die Seelinie lief wie ein nackter, ununterbrochener Gürtel vor uns her.

KAPITEL IV.

DER TOD EINES SEEMANNS.

Der Tag verging, es gab keine weiteren Auseinandersetzungen, Thomas legte sich hin, und als Jacob das Ruder übernahm, holte Abraham ein kleines Buch aus seinem Spind und las es mit bewegten Lippen, während er es auf Armeslänge von sich weghielt, als wäre es eine Daguerreotypie, die nur bei einem bestimmten Licht erkennbar ist. Ich fragte ihn nach dem Namen des Buches.

„Das Buch", sagte er. „Es ist Sabbat, Meister, und ich lese sonntags immer ein Kapitel aus diesem Buch hier."

Helga erschrak.

„Es ist tatsächlich Sonntag!", rief sie aus. „Ich hatte es vergessen. Wie schnell vergehen die Tage! Gestern Abend war es eine Woche her, seit wir die Bucht verlassen haben, und an diesem Tag vor einer Woche war mein Vater noch am Leben – mein lieber Vater war noch am Leben!"

Sie öffnete das Paket und nahm die kleine Bibel heraus, die ihrer Mutter gehört hatte. Ich hatte angenommen, sie sei auf Dänisch, aber als ich sie ihr abnahm, stellte ich fest, dass es eine englische Bibel war. Doch dann erinnerte ich mich, dass ihre Mutter Engländerin gewesen war. Ich bat sie, mir laut vorzulesen, und sie tat es und sprach jedes Wort mit klarer, süßer Stimme aus. Ich erinnere mich, dass es ein Kapitel aus dem Neuen Testament war, und während sie las, legte Abraham sein Buch weg, um zuzuhören, und Jacob beugte sich mit angestrengtem Ohr vom Steuermann nach vorne.

Auf diese Weise verging die Zeit.

Kurz nach neun Uhr abends begab ich mich in mein armseliges Bett aus Ersatzsegeln unter dem überhängenden Deck. Diese ungeschützte Öffnung war wahrlich ein kaltes, windiges, armseliges Schlafzimmer für einen Mann, der keineswegs behaupten konnte, an Entbehrungen gewöhnt zu sein. Tatsächlich war die Erbärmlichkeit der Unterkunft ebenso wie alle anderen Umstände unserer Situation ein Grund für meine wilde, stürmische Ungeduld, den Logger zu verlassen und mit einem Schiff nach Hause zu segeln, das mir Schutz, ein Bett und Platz zum Bewegen und jene bloßen Annehmlichkeiten des Lebens bieten würde, die an Bord der *Early Morn* fehlten.

Nun, wie ich schon sagte, kurz nach neun Uhr an jenem Sonntag wünschte ich Abraham, der das Schiff steuerte, gute Nacht und betrat mein Schlafgemach, wo Jacob in eine Decke eingerollt lag und schwer schnarchte. Es war damals eine dunkle Nacht, aber der Wind war schwach und das

Wasser ruhig und es gab kaum Wellengang. Ich hatte nach einem Stern Ausschau gehalten, aber keiner war zu sehen, und dann hatte ich nach einem Schiffslicht Ausschau gehalten, aber die Dämmerung stand wie eine Wand aus Dunkelheit nur einen Musketenschuss von den Seiten des Luggers entfernt – denn weiter konnte man das schwache Kriechen des Schaums in Windrichtung und sein zurückweichendes Schimmern auf der anderen Seite sehen – und nirgendwo war der schwächste Punkt von Grün, Rot oder Weiß zu sehen.

Ich lag eine Zeit lang wach: Der Schlaf konnte kaum etwas gegen das Schnauben und Keuchen ausrichten, das der neben mir liegende Bootsmann aus Deal ihm entgegensetzte. Auch mein Geist war ungewöhnlich aktiv vor Sorge und Angst. Ich dachte ständig an meine Mutter und erinnerte mich an sie, wie ich sie zuletzt im Schein des Feuers in ihrem kleinen Wohnzimmer gesehen hatte, als ich ihr den letzten Kuss gab und aus dem Haus rannte. Es ist acht Tage her, dachte ich; und es schien unglaublich, dass die Zeit so schnell verflogen war. Dann dachte ich an Helga, an die Qualen des Herzens, die das arme Mädchen erlitten hatte, an ihre heldenhafte Annahme ihres Schicksals, ihre einfache Frömmigkeit, ihre Freundlosigkeit und ihre Zukunft.

Auf diese Weise war mein Geist beschäftigt, als ich einschlief, und hinterher wusste ich, dass ich etwa eine Stunde lang eingehüllt in den tiefen Schlaf gelegen haben musste, der einen müden Mann auf See überkommt.

Ich wurde durch das Geräusch von krachendem und splitterndem Holz geweckt. Darauf folgte sofort ein lauter und furchtbarer Schrei, begleitet von einem lauten Platschen, unmittelbar gefolgt von heiseren Rufen. Eine der Stimmen war meiner Meinung nach Abrahams, aber die Mischung aus verzweifeltem und verängstigtem Gebrüll machte sie verwirrend und kaum zu unterscheiden. Es war stockfinster, wo ich lag. Ich kniete nieder, um herauszukriechen; aber ein Ersatzsegel, das Abraham als Schutz für mich konstruiert hatte, war aus seiner Position gerutscht und behinderte mich, und ich lag ein paar Minuten auf den Knien und kämpfte, bevor ich mich befreien konnte. In dieser Zeit war ich der Meinung, dass der Logger mit dem schwarzen Schatten eines Schiffes zusammengestoßen war, das für den Steuermann in der Dunkelheit unsichtbar war, und dass es jetzt, während ich kniete und mit dem Segel rang, unter uns untergehen könnte, mit Helga vielleicht noch im Vorschiff. Das veranlasste mich, heftig zu kämpfen, und schließlich gelang es mir, aus den blendenden und einengenden Falten der Leinwand herauszukommen; aber ich war vor Angst und Anstrengung beinahe erschöpft.

Jemand schrie unentwegt, und aus der Art seiner Schreie schloss ich, dass er ein Schiff in der Nähe anrief. Es wehte ein scharfer Wind und es regnete heftig. Die Dunkelheit war wie im Inneren einer Mine, und alles, was ich sehen konnte, war die Gestalt eines Bootsmanns, der sich über die Seite beugte und die Laterne (die die ganze Nacht brannte) auf Höhe der Bordwand hielt, während er schrie, dann lauschte und dann wieder schrie.

„Was ist passiert?", rief ich.

Die Stimme Jakobs antwortete, obwohl ich ihn nicht sehen konnte, in einem Tonfall, den ich wegen seines Elends und seiner Bestürzung nie vergessen werde:

„Der Fockmast wurde weggerissen und der arme alte Tommy über Bord geworfen. Er ist ertrunken! Er ist ertrunken! Er gibt keine Antwort. Seine bemalten Kleider und Stiefel haben ihn untergehen lassen, als wäre er ein betrunkener Bleimann."

„Kann er schwimmen?", rief ich.

„Nein, Sir, nein!"

Ich sprang dorthin, wo Abraham über dem Geländer hing.

„Was glauben Sie, wird er verheddert am Fahrwerk über Bord liegen?", rief ich dem Mann zu.

„Nein, Sir", antwortete Abraham. „Er ist frei getrieben. Er hat einmal gesungen, als er nach hinten ging. Was für ein Vorfall! Wir können den Kahn nicht zu Wasser lassen, wenn der Lugger ein Wrack ist", fügte er hinzu und sprach, als ob er in seinem Kummer laut nachdenken würde. „Wir riskieren, den Lugger zu verlieren, wenn wir den Kahn zu Wasser lassen."

„Hör zu!", rief Jacob und ließ seine Stimme in einem stierartigen Brüllen in die Dunkelheit hinter dem Schiff hinausschallen: „Tom-mee!"

Es war nichts zu hören außer dem Schrillen des scharfkantigen Sturms, der quer über das Boot hinwegfegte, das nun quer darauf lag, und dem peitschenden Lärm des waagerecht herabströmenden Regengusses, dem Knirschen der zerstörten Ausrüstung längsseits, den häufigen scharfen Schlägen der steigenden See gegen die Biegung des Loggers und dem wilden Knurren der schmelzenden Wassermassen, die plötzlich und wild aufgewühlt wurden und beim Kräuseln zu Gischt aufspritzten.

„Was ist los?", rief Helgas Stimme mir ins Ohr.

„Ach, Gott sei Dank, Sie sind in Sicherheit!", rief ich, tastete nach ihrer Hand und ergriff sie. „Es ist etwas Schreckliches passiert. Der Logger wurde entmastet, und der Sturz der Spiere hat den Mann Thomas über Bord geworfen."

„Vielleicht schwimmt er!", rief sie.

„Nein! Nein! Nein!“, knurrte Abraham mit vor Kummer heiserer Stimme. „Er ist weg – er ist weg! Wir werden ihn nie wiedersehen.“ Dann änderte sich sein Ton plötzlich. „Jacob, die Lotterie muss sofort eingeleitet werden: Lasst uns helfen, bevor das Meer an Bord kommt. Lady, wollen Sie das Licht halten? Mr. Tregarthen, wir brauchen Ihre Hilfe.“

„Gerne!“, rief ich.

In diesem Moment fiel mir ein, dass mein Ölzeugmantel an der Seite des Bootes lag, ganz in der Nähe von mir. Ich bückte mich und betastete ihn, und im nächsten Moment hatte ich ihn Helga über die Schultern geworfen, denn sie hielt jetzt die Laterne, und ich hatte sie klar im Blick. Ich wusste, dass er ein Geschenk des Himmels für sie sein würde, in dem Regen, der jetzt an uns vorbeiströmte und sie, so bekleidet sie auch war, schnell bis auf die Haut durchnässt haben musste.

Die nächsten paar Minuten herrschte überall Trubel und heiseres Geschrei. Ich sehe jetzt die kleine Helga, wie sie über der Reling hängt und die Laterne schwenkt, damit ihr Licht das Wrack berührt; ich sehe die Regenkristalle an der Laterne vorbeiblitzen und das Glas mit Nässe blenden; ich spüre wieder den Ansturm des heftigen Sturms auf meinem Gesicht, der mir das Atmen schwer macht, während ich die Leinwand ergreife und den Männern helfe, das große, durchweichte, schwere Segel ins Boot zu ziehen. Wir arbeiteten verzweifelt, und wie ich schon sagte, hatten wir in wenigen Minuten das ganze Segel aus dem Wasser gezogen; aber der Mast war zu schwer, um ihn in der Dunkelheit zu handhaben, und wir ließen ihn an den Fallen von uns wegtreiben, bis der Tag anbrach.

Wir waren durchnässt und außerdem bis ins Herz durchgefroren – ich spreche zumindest von mir selbst –, nicht mehr durch den scharfen Biss dieses schwarzen, nassen Sturms, als durch das Entsetzen, das der plötzliche Verlust eines Menschen auslöste, durch den Gedanken an einen Menschen, der dem Anblick so vertraut war, wie ihn die stündliche Erinnerung nur machen konnte, der eben noch lebte und sprach, kalt und reglos dalag und Klafter tief in das Herz jener dunklen, grenzenlosen Tiefe versank, auf deren Oberfläche der Lugger – aller Wahrscheinlichkeit nach die kleinste Arche, die in diesem Moment auf den Ozeanen trieb, die sie zu durchqueren versuchte – taumelte.

„Zieh die Besanschote nach hinten, Jacob!“, sagte Abraham mit einer Stimme, die zwar heiser, aber auch niedergeschlagen war. „Du kannst auch die Pinne festmachen. Sie muss so bleiben, wie sie ist, bis wir sehen, was wir tun.“

Der Mann ging mit der Laterne nach achtern. Rasch führte er Abrahams Befehle aus, doch im schwachen Licht der Laterne konnte ich sehen, wie er reglos im Heck stand, als lausche er und spanne seinen Blick.

„Er ist weg, Abraham!", rief er plötzlich mit rauer Stimme, die vor Erregung zitterte. „Von Tommy Budd wird man nie wieder etwas hören. Ja, tot – für immer ertrunken!", hörte ich ihn murmeln, als er die Laterne aufhob und mit schweren Stiefeln über die Duchten zu uns kletterte.

„Bei Gott, wie plötzlich kam das!" rief Abraham und ließ in der Leidenschaft seines Kummers, mit der er in die Hände klatschte, ein scharfes Knallen erklingen.

Es regnete immer noch stark und die Atmosphäre war von mitternächtlicher Dunkelheit; aber der Wind hatte alle Härte des Sturms verloren und es wehte jetzt eine stetige Brise, der wir unser ganzes Luggersegel hätten aussetzen können, hätten wir es gehisst. Jacob hielt die Laterne an den Mast, oder besser gesagt an das Fragment, das davon übrig war. Sie müssen wissen, dass der Mast eines Deal-Luggers in einem sogenannten „Tabernakel" steht – das heißt, einer Art Kasten, der es der Mannschaft ermöglicht, ihre Masten nach Belieben abzusenken oder aufzustellen. Dieser „Tabernakel" stand bei uns etwas weniger als zwei Fuß über dem Vorschiffsdeck und der Mast war etwa zehn Fuß darüber abgebrochen. Er war an sehr hässlichen, fangartigen Spitzen zu erkennen.

„Zwei morsche Masten für eine solche Reise!", rief Jacob mit wildem Unterton in der Stimme. „Das ist das Werk des alten Thompson. Wäre er doch an Tommys Stelle! Hilf mir! Ich würde die Hälfte der Lüfte dieser Reise hergeben, um ihn ertränken zu können!" Damit meinte er, so könnte ich annehmen, den Bootsbauer, der die Masten geliefert hatte.

„Es hat keinen Sinn, in diesem Nieselregen zu stehen, Männer", sagte ich. „Es ist eine schlimme Sache, aber im Moment kann man nichts tun, Abraham. Hier unter Deck gibt es Schutz. Habt ihr noch eine Laterne?"

„Wozu?", fragte Abraham mit der Stimme eines völlig am Boden zerstörten Mannes.

„Nun, um zu zeigen", sagte ich, „dass man uns nicht anführt. Wir sind hier nämlich stationär, und wer soll uns sehen, wie wir da liegen?"

würde, wäre das verdammt gut gewesen!", erwiderte Abraham. „Verdammt, wenn ich mich nicht über Bord werfen könnte!"

„Unsinn!", rief ich, mehr von seinem Tonfall als von seinen Worten erschreckt. „Lass uns in Deckung gehen! Hier, Jacob, gib mir das Licht! Und jetzt, Helga, krieche zuerst hinein und zeige uns den Weg. Abraham, rein mit dir! Jacob, nimm diese Laterne, ja, und hol eines der Gläser mit Schnaps, die du vom Floß mitgenommen hast, und einen Becher und etwas kaltes Wasser! Abraham wird sich über einen Schluck freuen, und dir auch."

Der Krug wurde besorgt und jeder nahm einen kräftigen Schluck. Auch ich fand Trost in einem Gläschen, aber ich konnte Helga nicht dazu bewegen, den Becher an ihre Lippen zu setzen. Wir vier kauerten uns unter das überhängende Deck – es gab weder Höhe noch Breite für eine bequemere Haltung. Wir stellten die Laterne in unsere Mitte – ich hatte nichts weiter über das Licht zu sagen – und in diesem schwachen Licht sahen wir uns an. Abrahams Gesicht war geisterhaft weiß. Jacob stopfte mit traurigen Gesten eine Pfeife und sein melancholisches Gesicht ähnelte einem grotesken Gesicht, das man in einem Traum sieht, als er die Laterne öffnete und seine Nase, an deren Ende ein großer Regentropfen hing, dicht an die Flamme hielt, um den Tabak anzuzünden.

„Wenn ich daran denke, dass ich erst heute Morgen mit ihm Streit hatte!", knurrte Abraham und umklammerte seine Knie. „Welches Recht hatte ich, ihn wegen seiner Miete zu fragen? Kann mir irgendjemand sagen", sagte er und sah sich langsam um, „dass das Herz des armen alten Tommy nicht am rechten Fleck war? Ich hoffe nicht, ich hoffe nicht – ich konnte es nicht ertragen, das zu hören. Er war ein Mann, der hart um sein Brot kämpfen musste, wie andere von uns, und Enttäuschung, Not und Heirat hatten sein Blut trüben lassen. Ich habe ihn drei Tage lang ohne eine Brotkruste auskommen sehen. Das alte Bett, auf dem er lag, wurde ihm weggenommen. Doch er hat durchgehalten, und zwar ohne die Hilfe des Alkohols, und das muss man dem armen Kerl zugute halten."

Er stoppte.

„Im Grunde", rief Jacob und saugte heftig an seinem Zoll rußigen Lehms, „war Tommy ein *Mann* . Er hat mir einmal das Leben gerettet. Erinnerst du dich, Abey, an die Arbeit, die ich mit ihm hatte, als wir auf dem Achterkamm eines großen, leichten Spaniers schleppten?"

„Ich erinnere mich, ich erinnere mich", grunzte Abraham.

„Das Boot scherte", fuhr Jacob fort und wandte sich an mich, „und geriet gegen die Schraube des Dampfers, und der Schlag der Klinge zerschnitt das Boot genau in zwei Hälften. Sie warfen uns eine Rettungsboje zu. Der arme alte Tommy bekam sie zu fassen und steuerte auf mich zu, als wir gerade ein paar Fadams ertränkten. Gerade noch rechtzeitig packte er mich an den Haaren und hielt mich fest, bis er hochgehoben wurde. Und jetzt *ist er* tot und wir werden ihn nie wieder sehen."

„Tommy Budd", rief Abraham aus, „war die Art von Mann, die selbst nie ein Pint trank, ohne einen Kerl um ein Glas zu bitten, wenn auch nur, weil er das Glas voll hatte. Es gab keinen schlaueren Mann vor und hinter dem

Strand, wenn es darum ging, einen Galeerenkahn zu steuern. Es gab kaum eine Regatta, bei der er nicht der Erste war."

„Er war ein aufrechter Mann", sagte Jacob, als er bemerkte, dass Abraham innegehalten hatte; „und er war nie aufrechter, als wenn er nicht nüchtern war, was beweist, wie wahr seine Instinkte waren. Als sein Flirt den jungen Schwarzen Dick heiratete, da Tommy das nicht für eine gute Partie hielt, ging er in den Raum des Wirtshauses, wo die Gesellschaft tanzte und sich amüsierte, jagte die ganze blühende Gesellschaft auf die Straße, setzte sich dann hin und verlangte selbst ein Glas. Natürlich hatte er einen Tropfen zu viel getrunken. Aber der Drink verbesserte nur seine natürliche Abneigung gegen die Hochzeit. Armer Tommy! Abey, gib mir das Glas!"

Auf diese Weise beklagten diese einfachen, gutherzigen Bootsleute noch eine Weile den Verlust ihres unglücklichen Schiffskameraden, wobei sie sich ab und zu in Richtung des Spirituosengefäßes begaben. Unsere Situation war jedoch so beschaffen, dass der Schock, den der Tod von Thomas verursacht hatte, nicht sehr lange anhielt. Hier befanden wir uns in einem Boot von kaum mehr als 18 Tonnen, das entmastet und völlig hilflos in der Einsamkeit einer schwarzen Mitternacht im Atlantik lag. Wir hatten nichts als einen bereits beschädigten Mast, auf den wir uns bei Tagesanbruch verlassen konnten, um ihn wieder aufzustellen, und die kleine Mannschaft des Loggers war um eine fähige Hand ärmer!

Es war noch immer eine trübe und nieselige Nacht, und das Wasser plätscherte laut am Ufer entlang; aber die *Early Morn* hob und senkte sich mit ihrem kleinen Besansegel und dem Bug fast aufs Meer gerichtet ruhig. Zu diesem Zeitpunkt hatten die Männer ihre Klagen um Thomas ziemlich erschöpft. Ich wagte es daher, das Thema zu wechseln.

„Jetzt sind Sie nur noch zu zweit", sagte ich. „Ich nehme an, Sie werden morgen früh Ihren Mast aufstellen und sich auf den Heimweg machen?"

„Keine Angst!", antwortete Abraham und sprach mit Nachdruck aus den Schlucken, die er getrunken hatte. „Wir fahren nach Australien, und wenn nicht noch einer von uns mitgenommen wird, kommen wir *dort an* ."

„Aber Sie werden diese Reise doch sicher nicht mit Ihrer jetzigen Ausrüstung fortsetzen?", sagte ich.

„Gut", sagte er, „wir müssen den Mast, der gesprungen ist, „angeln" und versuchen, ihn zu halten, bis wir auf ein Schiff treffen, das uns eine solide Spiere bietet, um den Platz des Mastes einzunehmen. Jedenfalls lassen wir alles dran."

„Ja, wir werden weitermachen", sagte Jacob. „Es hat keinen Sinn, den ganzen Weg zurück zu gehen, um wieder zurückzufahren. Aber, mein Gott! Was würde man über uns sagen?"

„Aber", sagte Helga, „Ihr beide werdet dieses große Boot doch nicht steuern können, oder?"

„Gott segne Sie, ja, Lady", rief Abraham. „Bedenken Sie, wenn wir unterwegs wären, um uns zu vergnügen, würde ich nach Hause wollen; aber am Ende dieser Wanderung müssen wir Geld abholen, und Jacob und ich wollen es ausgeben."

Während er dies sagte, kroch er hinaus, um nach dem Wetter zu sehen. Einen Moment später folgte ihm Jacob, und bald konnte ich hören, wie die beiden ernsthaft darüber berieten, was am nächsten Morgen zu tun sei und wie sie danach zurechtkommen würden, da Thomas nun fort war.

Das Licht der Laterne fiel auf Helgas Gesicht, als sie dicht neben mir auf dem Ersatzsegel saß, das mein grobes Sofa gebildet hatte.

„Welche weiteren Erfahrungen müssen wir noch machen?", sagte ich.

„Du hast nicht geahnt, was dich erwartete, als du im Rettungsboot zu uns kamst, Hugh!", sagte sie und blickte mich sanft mit Augen an, die im trüben Licht schwarz wirkten.

„Diese beiden Bootsmänner", sagte ich, „sind sehr nette Kerle, aber sie haben eine Dickköpfigkeit an sich, die unsere Notlage nicht gerade lindert. Ihr Entschluss, weiterzufahren, mag einem Landsmann als wunderbarer Akt des Mutes erscheinen, aber für einen Seemann könnte es nichts weiter als die übelste Tollkühnheit bedeuten. Der Teufel soll ihren Heldenmut holen! Ein bisschen Ängstlichkeit würde gesunden Menschenverstand bedeuten, und dann würden wir morgen früh den Heimweg antreten. Aber ich fürchte, du bist durchnässt, Helga."

„Nein, dein Ölzeug hat mich trocken gehalten", antwortete sie.

„Sie brauchen nicht hier zu bleiben", sagte ich. „Warum kehren Sie nicht zur Vorpiek zurück und verbringen die Nacht dort?"

„Ich würde lieber bei dir bleiben."

„Ja, Helga, aber du darfst keine Mühe scheuen, dich mit Ruhe und Nahrung zu stärken. Wer weiß, was die Zukunft für uns bereithält – wie schwer wir beide noch geprüft werden? Diese Erfahrungen sind vielleicht nur einige Glieder einer Kette, deren Ende noch weit entfernt ist."

Sie legte ihre Hand auf meinen Handrücken und streichelte ihn zärtlich.

„Hugh", sagte sie, „denk an den Rat unseres einfachen Freundes Abraham: Lass dich nicht von deiner Fantasie mitreißen. Der Geist, der dich in der schwarzen und schrecklichen Nacht an die Seite der *Anine gebracht hat* , ist immer noch dein eigener. Kopf hoch! Es wird dir noch alles gut gehen. Was bringt mich dazu, das zu sagen? Ich kann es nicht sagen, es sei denn, die Überzeugung, dass Gott jemanden, dessen Prüfungen durch eine Tat von edlem Mut und schöner Entschlossenheit herbeigeführt wurden, nicht unbeobachtet lassen wird."

Sie streichelte weiterhin meine Hand, während sie sprach – eine unbewusste Geste, wie ich bemerkte – vielleicht war es eine Gewohnheit ihres liebevollen Herzens, und ich konnte mir vorstellen, wie sie so die Hand ihres Vaters oder die Hand eines lieben Freundes streichelte. Ihre sanften Augen ruhten auf meinem Gesicht, als sie mich ansprach, und es war hell genug, um ein kleines, aufmunterndes Lächeln voller Süße auf ihren Lippen erkennen zu können.

Wenn einem Mann in einer Zeit bitterer Angst und Gefahr jemals Kraft gegeben werden soll, muss die Inspiration des Geistes sicherlich von einer so kleinen Frau wie dieser kommen. Ich spürte den Einfluss ihres Verhaltens und ihrer Anwesenheit.

„Du hast einen feinen Geist, Helga", sagte ich. „Dein Name sollte Nelson sein und nicht Nielsen. In deinen Adern sollte das Blut eines der größten englischen Kapitäne fließen."

Sie lachte leise und antwortete: „Nein, nein! Ich bin in erster Linie Dänin. Dann will ich Engländerin sein."

Also versuchte ich erneut, sie zu überreden, sich in ihre Koje zurückzuziehen, aber sie bat mich inständig, bei mir zu bleiben, und so saßen wir noch eine ganze Weile da und unterhielten uns. Als sie von sich selbst sprach, zuerst als Dänin und dann als Engländerin, kam sie auf ihr Zuhause und ihre Kindheit zu sprechen, und wieder sprach sie von Kolding und ihrer Mutter, von der Zeit, die sie in London verbracht hatte, und von einer englischen Schule, die sie besucht hatte. Ich konnte das Stimmengewirr der beiden Burschen draußen hören. Nach einer Weile kroch ich hinaus und stellte fest, dass der Regen aufgehört hatte; aber es war stockfinster und ein kalter Wind wehte. Jacob hatte das Feuer im Ofen angezündet. Seine Gestalt war im rötlichen Licht zu sehen, als er sich hinhockte und seine Hände röstete. Ich kehrte zu Helga zurück, und kurz darauf kam Abraham und fragte uns, ob wir einen Schluck heißen Kaffee trinken wollten. Das war zu so einer Zeit ein wahrer Luxus. Wir nahmen dankbar eine Tasse und bereiteten uns damit ein Mitternachtsmahl aus einem Keks und etwas Dosenfleisch zu.

Wie wir diese langen, dunklen, nassen Stunden überstanden, will ich nicht beschreiben. Gegen Morgen schlief Helga neben mir auf dem Segel ein, auf dem wir hockten, aber ich für meinen Teil konnte nicht zur Ruhe kommen, und ich strebte und wünschte mir auch nicht nach Ruhe. Eins nach dem anderen hatte mich ungewöhnlich nervös gemacht, und die ganze Zeit dachte ich, dass wir als Nächstes spüren könnten, wie der große Bug eines Segel- oder Dampfschiffs gegen den Logger prallt und wir alle ertrinken, bevor wir richtig realisieren konnten, was geschehen war. Ich war nur beruhigt, als die Bootsmänner aus irgendeinem Grund die Laterne unter dem überhängenden Deck hervorholten.

Schließlich war ich jedoch nicht mehr in der Lage, meine Befürchtungen zu verbergen und willigte nach einigem Reden und einigen herzhaften Bemerkungen Abrahams ein, das Licht am Maststumpf zu befestigen.

Das mag etwa halb vier Uhr morgens gewesen sein, als die Nacht schwärzer war als zu jeder Stunde zuvor: und dann geschah etwas sehr Seltsames. Ich war in meinen Unterschlupf zurückgekehrt und saß dort in Gedanken versunken, denn Helga schlief jetzt. Die beiden Bootsmänner waren im Freien, aber was sie vorhatten, konnte ich Ihnen nicht sagen. Ich war, wie gesagt, tief in düstere Gedanken versunken, als ich plötzlich lautes Brüllen hörte. Ich ging so schnell hinaus, wie meine Knie mich trugen, und das Erste, was ich sah, war das grüne Licht eines Schiffes, das schwach wie ein Glühwürmchen in der Dunkelheit querab schimmerte. Ich erkannte, dass es ein Segelschiff war, denn es hatte kein Mastlicht, aber es war nicht die geringste Silhouette von ihm zu sehen. Seine Segel warf keinen blassen Schimmer auf die mitternächtliche Atmosphärenwand. Wäre da nicht dieses fluktuierende grüne Licht gewesen, das so trügerisch schien, dass man ein wenig zur Seite schauen musste, um es zu sehen, wäre der Ozean, soweit das Auge reichte, so kahl wie der Himmel gewesen. Einer nach dem anderen riefen die beiden Bootsmänner mit lauten, dröhnenden Stimmen „Schiff ahoi!", die sie durch die Bögen ihrer Hände kreischen ließen; aber das Licht glitt weiter, und nach wenigen Minuten wurde es von dem Schirm, an dem es hing, verdunkelt, und es war wieder alles schwarz, wohin man auch blickte.

Den Männern war davon nichts zu sagen. Ich schlich zurück zu Helga, die durch die heiseren Schreie aufgewacht war.

„Ein Segelschiff ist an uns vorbeigefahren", sagte ich als Antwort auf ihre Frage, „wie wir am grünen Licht erkennen können; aber wie nah oder fern, kann ich nicht sagen. Aber es ist wahrscheinlicher, Helga, dass dasselbe Schiff uns überfahren hätte, wenn ich Abraham nicht gebeten hätte, das Licht weiter leuchten zu lassen."

Wir unterhielten uns eine Weile über das Schiff und unsere Chancen, dann wurde ihre Stimme wieder träge vor Schläfrigkeit und sie schlief ein.

Kurz vor Tagesanbruch hörte der Regen auf, der Himmel hellte sich auf und hier und da zeigte sich ein Stern. Ich war mit Abraham draußen über der Bordwand gestanden und hatte ihm zugehört, als er über seinen Kumpel Thomas sprach und darüber, wie die Kinder jetzt zurechtkommen sollten, da der arme Kerl gefangen war, als das Grau der Morgendämmerung vom schwarzen Meeresrand in den Himmel schwebte.

Nach kurzer Zeit war es Tag und das Rosa der aufgehenden Sonne strahlte rasch zwischen den Wolken im Osten hervor. Jacob saß schlafend auf dem Boden des Bootes, in der Hocke wie Lascar – ein Haufen Mantel, eckige Knie und gesenkter Kopf. Ich stieg auf eine Querbank und warf einen langen, durstigen Blick in die Runde.

„Beim Himmel, Abraham!", rief ich, „ *nichts* in Sicht, das kann ich noch sagen! Was, in aller Hoffnung, ist mit dem Meer geschehen?"

„Wir werden zum Glück einen schönen Tag haben", antwortete er und verdrehte die Augen. „Aber, Herrgott! Was für ein Wrack sieht der Logger aus!"

Der arme Kerl war so abgezehrt, als ob er gerade aus dem Krankenbett gestiegen wäre, und sein plötzlicher hagerer oder langgezogener Gesichtsausdruck wurde noch dadurch verstärkt, dass in jeder Augenhöhle eine kleine Menge weißer Salzkristalle lagen, wo sich die vom Sturm aufgewirbelte Salzlake abgelagert hatte und getrocknet war.

„Hi, Jacob!", rief er. „Steh auf, Kumpel! Der Tag ist angebrochen und es gibt Arbeit zu erledigen."

Jacob rappelte sich unter zahlreichen Verrenkungen und Grimassen auf.

„Vollgestopft mit Rheuma", knurrte er, „so hilft einem das Meer. Sie sagten, es würde wärmer werden, je weiter wir hier runterkommen, aber wenn das hier das ist, was sie *warm nennen* , dann gebt mir die Schere und Daumenschrauben eines Janivary-Sturms im Jarman-Ozean." Er blickte langsam um sich und fixierte den Stumpf des Mastes. „Bevor wir anfangen, Abraham", sagte er, „brauche ich einen Tropfen heißen Kaffee."

„Richtig", antwortete der andere. „Eine Viertelstunde macht keinen Unterschied."

Ein Feuer wurde angezündet, ein Kessel Wasser kochte, und als Helga nun eintraf, setzten wir uns zu viert, jeder mit einem Becher des wohltuenden, dampfenden Getränks in der Hand, während die beiden Bootsmänner damit begannen, die beschädigte Maste durch „Angeln", wie es genannt wird, zu verstärken und die Segel neu zu setzen.

KAPITEL V.

DAS ENDE DES „FRÜHEN MORGENS".

Die erste Aufgabe der Männer bestand darin, den gebrochenen Mast aus dem Wasser zu holen. Helga half und arbeitete mit so viel Geschick, als wäre sie für den Beruf des Deal-Fährmanns geboren. Der Mast war beim Brechen um zehn Fuß gekürzt worden und war daher kaum als Spiere zum Aufstellen so nützlich wie der Bugspriet. Er wurde entlang der Querbänke an der Seite gelegt, und wir machten uns an die Arbeit, den Mast zu verstärken, der im Kanal gesprungen war, indem wir Holzstücke über den gebrochenen Teil legten und sie mit Seilen um Seil fest zusammenbanden. Auf See nennt man das „eine Spiere fischen". Jacob schüttelte den Kopf, als er den Mast betrachtete, als wir mit den Reparaturen fertig waren, sagte aber nichts. Als der Mast aufgestellt war, hissten wir das Segel mit einem Reff darin, um die Spannung zu verringern. Abraham ging ans Ruder, der Bug des Bootes wurde auf Südwestkurs gebracht, und wieder einmal schob sich der kleine Stoff hindurch, rollte in langgezogener Bewegung auf einer plötzlichen Dünung, die aufgekommen war, während wir arbeiteten, und schüttelte dabei häufig das weiße Wasser heftig vom Bug, als würde das Durchkämmen der kleinen Meere das Boot reizen.

Der Wind kam aus Osten, war kälter als im November, und wehte bis kurz vor zehn Uhr morgens ziemlich schwach, dann kam er in einer Böe, die das Boot stark krängte und Abrahams Augen einen wilden, ängstlichen Blick gab, als er auf den Mast starrte. Der Horizont verdichtete sich leicht zu einem Nebelfilm, der die windzugewandte Verbindung von Himmel und Wasser überzog, und der Himmel nahm dann eine windige Seite an, mit schwachen blauen Streifen zwischen langen Streifen harten Dampfes, unter denen hier und da leicht ein Kranz hellgelber Wolken dahinsegelte. Die See wurde rasch unruhig – ein unangenehmes Taumeln der Wogen, verursacht durch die seitliche Dünung – und die Gangart des Bootes wurde so taumelnd, das heftige, ruckartige Schwanken – jetzt gegen den Wind, jetzt gegen Lee, jetzt am Heck, jetzt am Bug, dann alle Bewegungen gleichzeitig, gefolgt von einem kränklichen, schiefen Rutschen einen Abhang runden Wassers hinunter – rief ein solches Gefühl innerer Verwirrung hervor, dass ich zum ersten Mal in meinem Leben richtig seekrank wurde und nicht wenig dankbar für die Erleichterung war, die mir ein Schluck von dem Brandy des armen Kapitäns Nielsen aus einem der wenigen Krüge verschaffte, die man vom Floß mitgenommen hatte und die noch immer voll waren.

Kurz vor Mittag wehte eine frische Brise, und die See war etwas ruhiger; das Rollen und Stechen des Loggers blieb jedoch heftig und äußerst unbequem. Um den Mast noch weiter zu stützen – Abraham war in die Vorpiek gegangen, um ein wenig zu schlafen – banden Helga und ich auf Bitte von Jacob, der steuerte, ein zweites Riff in das Segel: Wäre die Spiere intakt gewesen, hätte der Lugger das gesamte Segel problemlos tragen können.

„Wenn der Mast umfällt, was ist dann zu tun?", sagte ich zu Jacob.

„Na ja", antwortete er, „wir müssen uns mit den Überresten des Mastes begnügen, der letzte Nacht über Bord gegangen ist."

„Aber welches Segel können Sie auf dieser verkürzten Höhe hissen?"

„Genug, um uns langsam vorwärtstreiben zu lassen", antwortete er, „bis wir auf ein Schiff treffen, das uns zu der Art von Sparren verhilft, die uns nützt."

„In Anbetracht der Ödnis des Meeres, durch das wir gesegelt sind", sagte ich, „scheint die Aussicht schlecht zu sein, wenn wir uns auf vorbeikommende Hilfe verlassen müssen."

„Mr. Tregarthen", sagte er und heftete seine Augen auf mein Gesicht, „ich bin ein älterer Mann als Sie und deshalb nehme ich mir die Freiheit, Ihnen Folgendes zu sagen: Weder an Land noch auf See laufen die Dinge so ab, wie man es erwartet. Das hat der italienische Leierkastenmann herausgefunden. Er dachte, wenn er einen großen Affen ergattern könnte, würde er ein gutes Geschäft machen; also kaufte er den größten, den er finden konnte – einen Kerl, der fast so groß war wie er selbst. Was geschah? Als die Partys eine Woche später stattfanden, war es der Affe, der die Kurbel drehte, während der Leierkastenmann tanzte."

„Die Öffentlichkeit würde den Unterschied nicht bemerken", sagte Helga.

„Das stimmt für Sie, Lady", antwortete Jacob mit einem zustimmenden Nicken und einem Lächeln der Bewunderung. „Aber Mr. Tregarthen hier wird herausfinden, dass ich die reine Wahrheit spreche, wenn ich sage, dass menschliches Handeln immer das Gegenteil bewirkt."

„Ich hoffe von ganzem Herzen, dass dies in unserem Fall der Fall sein wird!", rief ich aus, verärgert über die – wie es mir schien – Irrationalität der philosophischen Ansichten dieses einfachen Bootsmanns.

„Es ist an der Zeit, dass Abraham sich umsieht, nicht wahr?", sagte er.

Ich ging zur Luke und rief Abraham, der nach ein paar Minuten kam und mit verschlafenen Augen begann, mit seinem alten Quadranten nach der Sonne zu tasten. Während er so beschäftigt war, berührte Helga mich leicht an der Schulter und deutete nach achtern. Ich spähte einen Augenblick und sagte dann:

„Ich sehe es! Ein Segel! – natürlich wieder am falschen Ende des Meeres! Vielleicht eine weitere *Thermopyle* , die an uns vorbeidonnert und unsere

Wünsche nicht weiter wahrnimmt als einen wackelnden Kopf über der Reling mit einem Finger an der Nase."

„Das sind Höhenglocken!", rief Abraham und machte sich an seine groben Berechnungen.

Jacob blickte ernst über seine Schulter auf den winzigen weißen Fleck in der Ferne.

„Wenn wir etwas mit ihr zu tun haben", sagte er, „müssen wir sie so steuern, dass sie direkt an unserem Steuerbord bleibt. Welchen Kurs wird sie nehmen?"

„Sie scheint direkt auf uns zuzukommen", antwortete Helga.

„Warum holen Sie nicht das Segel ein, ziehen den Lugger bei und senden ein Notsignal?", sagte ich.

Ich hatte diese Worte kaum ausgesprochen, als das Boot heftig auf die Welle sprang. Es folgte ein Krachen und im nächsten Augenblick war das Segel mit der Hälfte des eingeholten Mastes über Bord, während der Lugger rasch mit dem Bug ins Meer schwenkte und vom Wrack mitgerissen wurde.

Ich war nicht wenig erschrocken über das plötzliche Knacken des Mastes, das wie ein Kanonenschuss klang, das Platschen des über Bord geworfenen Segels und die rasche Schwenkung des Bootes.

Helga flüsterte mir leise ins Ohr: „Es hätte nichts Besseres passieren können. Wir sind jetzt tatsächlich ein Wrack, so dass das Schiff hinter uns nicht zu sehen ist, und sie wird bestimmt mit uns sprechen."

Abraham warf sein Logbuch mit einem plötzlichen Brüllen aus ich weiß nicht was für Küstenlästerungen hin, und Jacob ließ das Ruder los, kletterte nach vorn über die Duchten und überhäufte, während er ausgestreckt dalag, die Augen und Glieder des Bootsbauers, der den Lugger mit Masten ausgestattet hatte, mit Segen des Meeres. Wir drei machten uns an die Arbeit, und Helga half uns, so gut sie konnte, das Segel einzuholen; aber die See, die jetzt aufkam, war groß im Vergleich zu der, die sie während der Nacht gewesen war, und die Arbeit war außerordentlich mühsam und mühselig. Wie lange wir brauchten, um das große Luggersegel voller Wasser über die Reling zu ziehen, konnte man am Schiff achtern sehen, denn als ich Muße hatte, nach ihm zu suchen, fand ich es auf den Rumpf gehoben und es kam mir so vor, als sei es uns nicht mehr gewachsen, es neigte sich scharf vom frischen Wind weg, rollte aber auch schwer auf der Dünung und stampfte mit der Regelmäßigkeit einer Schaukel in Bewegung.

Helga und ich warfen uns auf eine Ducht, um Luft zu holen. Die Bootsführer standen da und sahen dem näherkommenden Schiff zu.

„Sie wird es sowieso nicht vermissen, uns zu sehen", sagte Abraham.

„Ich bin dafür, den Lugger so zu lassen, wie er ist", rief Jacob. „Sie werden sehen, in welcher Lage wir sitzen, und auf ihr Genick klopfen."

„Ich hoffe, Sie geben ihr ein Zeichen?", sagte ich.

„Ja", antwortete Abraham, „wir werden ihnen gleich einen Schwung mit dem Jack geben, obwohl das nicht unbedingt nötig sein wird, denn wenn unsere Lage sie nicht davon abhält, gibt es nichts, was sie davon abhalten könnte."

„Abraham", sagte ich, „Sie und Jacob werden uns bestimmt nicht für undankbar halten, wenn ich Ihnen sage, dass ich mich entschlossen habe – und ich bin sicher, Miss Nielsen wird mir zustimmen –, dass ich mich entschlossen habe, Abraham, Ihren Lugger zu verlassen und zu jenem Schiff zu gehen, das, wie ich sehe, auf dem Weg nach draußen ist, wenn es uns aufnehmen will."

„Nun, Sir", antwortete Abraham sanft, „Sie und die Dame sind Ihre eigenen Herren, und Sie werden natürlich tun, was Sie wollen."

„Es ist nicht mehr recht", fuhr ich fort, „dass wir so weitermachen und euch aus eurem kleinen schwimmenden Haus und Heim verspeisen; ebenso ist es nicht vernünftig, euch den Komfort eurer Vorpiek vorzuenthalten. Wir verdanken euch unser Leben und, Gott weiß, wir sind dankbar! Aber unsere Dankbarkeit darf nicht die Form annehmen, dass wir euch zwingen, uns weiterhin zu ernähren."

Abraham warf einen langen Blick auf das Schiff.

„Nun, Sir", sagte er, „bis zu dieser Stunde standen die Chancen so schlecht, dass Sie dieses Boot gegen ein Heimreiseschiff eintauschen würden, dass ich es wirklich nicht übers Herz bringe, Ihnen zu empfehlen, noch ein wenig länger zu warten. Es ist ein unbequemes Leben für Leute wie Sie und die Dame – sie muss in einem kleinen, kohlrabenschwarzen Raum vorn leben, was für uns Männer ganz gut sein mag, für sie aber sehr schlecht und hart ist; und Sie müssen unter dieser Öffnung einlaufen, in die kein Segeltuch hineinpasst, um den Luftzug abzuhalten. Ich zweifle nicht daran, dass Sie an Bord eines Bootes glücklicher sein werden, auf dem Sie Platz haben, um Ihre Beine auszustrecken, einen richtigen Tisch, an dem Sie sich zu Ihren Mahlzeiten hinsetzen können, und eine Kabine, in der Sie es gemütlich haben. Außerdem ist es nicht so, als ob es Ihnen nicht die gleichen Chancen geben würde, nach Hause zu kommen, wie der Tau des *Airly Marn* . Hoffe nur, dass sie dich empfängt.'

„Daran bin ich gebunden", grollte Jacob, „wenn ihr Kapitän ein *Mann ist* ."

Ich wandte mich an Helga.

„Entscheide ich mich weise?"

„Ja, Hugh", antwortete sie. „Ich kann mir gar nicht vorstellen, wie du die ganze Nacht in diesem kalten Raum liegst. Die beiden armen Kerle", fügte sie leise hinzu, „sind großzügige, freundliche, großherzige Männer, und ich schrecke vor dem Gedanken zurück, was für ein verrücktes Abenteuer sie erlebt haben. Aber", sagte sie mit einem kleinen Lächeln und einem leichten Anflug von Röte in den Wangen, als spräche sie widerwillig, „der *frühe Morgen* ist sehr ungemütlich."

„Jetzt müssen wir nur noch darum beten, dass der Kapitän dieses Schiffes uns an Bord nimmt", sagte ich und richtete meinen Blick auf das Schiff, das noch zu weit entfernt war, als dass wir mit bloßem Auge etwas erkennen konnten. „Ich nehme an, Abraham", sagte ich und wandte mich an den Mann, „Sie werden sie bitten, Ihnen einen Baum als Ersatzmast zu geben?"

„Vy, stellen Sie sich die Frage selbst, Sir", antwortete er.

„Aber was wäre, wenn sie keine Ersatzausleger hätten und Ihnen nicht entgegenkommen könnten?"

„Dann", sagte er, „müssen wir den Stock da hochheben" und dabei mit seinem eckigen Daumen auf den Mast zeigen, der in der Nacht zuvor weggeschwemmt worden war, „und weitertreiben, bis wir auf etwas stoßen, das uns *entgegenkommt* ."

„Aber mal ehrlich, Männer – ist es Ihnen ernst mit Ihrem Entschluss, diese Reise nach Australien fortzusetzen? Sie beide – die Mannschaft ist jetzt nur noch halb so stark wie am Anfang – müssen ein großes Boot von achtzehn Tonnen steuern und –" Ich wollte gerade seine bescheidenen Fähigkeiten als Navigator ansprechen, aber glücklicherweise brachte ich die Worte gerade noch rechtzeitig zum Schweigen.

Abraham musterte mich einen Moment, nickte mir dann nachdrücklich und mit großem Nachdruck zu, drehte mir, ohne eine Bemerkung zu machen, in Küstenmanier den Rücken zu und blickte gemächlich über den Ozean.

„Männer", sagte ich, „das Schiff nimmt uns vielleicht an Bord, und in der Hektik verpasse ich vielleicht die Gelegenheit, zu sagen, was ich denke. Mein Name ist Hugh Tregarthen, wie Sie wissen, und ich wohne in Tintrenale, was Sie mich ebenfalls sagen gehört haben. Ich verließ in aller Eile mein Zuhause, um an Bord des Schiffes zu gelangen, das der Vater dieses tapferen Mädchens befehligte, und so wie damals bin ich jetzt, ohne einen einzigen Wertgegenstand bei mir, der Ihrer Annahme würdig wäre; denn was meine Uhr betrifft, so gehörte sie meinem Vater, und ich muss sie behalten. Aber wenn es Gott gefällt, Männer, uns alle sicher wieder nach England zu bringen, dann werden Sie, egal wann Sie beide zurückkehren, ob in zwölf

Monaten oder in zwölf Jahren, in der kleinen Bank in Tintrenale einen Betrag von fünfzig Pfund für sich vorfinden – den Sie als fünfundzwanzig Pfund von Miss Helga Nielsen und fünfundzwanzig Pfund von mir betrachten werden."

„Wir danken Ihnen herzlich, Sir", sagte Jacob.

„Lassen Sie uns zuerst nach Hause gehen", sagte Abraham. „Aber ich danke Ihnen herzlich, Mr. Tregarthen", fügte er hinzu, drehte sich wieder zu mir um und streckte mir seine raue Hand entgegen.

Ich ergriff es und hielt es fest, mit Augen, die erfüllt waren von der Emotion der Dankbarkeit, die mich überkam: Dann schüttelte Jacob mir die Hand, und dann schüttelten die armen Kerle Helga die Hand, deren Atem ich mit einem Schluchzen in ihrer Kehle kämpfen hören konnte, als sie ihnen für ihr Leben und für ihre Güte ihr gegenüber dankte.

Aber jede Minute kam das Schiff näher, und jetzt konnte ich an nichts anderes mehr denken. Würde es sein Marssegel zurückziehen und zum Stehen kommen? Würde es jeden Moment das Ruder wenden und einen großen Bogen um uns machen? Würde es, wenn es zum Stehen käme, Helga und mich aufnehmen? Das waren Überlegungen, die mich leidenschaftlich beunruhigten. Helgas Augen, in denen ein klarer blauer Schimmer lag, waren auf das herankommende Schiff gerichtet; aber die Aufregung, die Aufregung in ihrem kleinen Herzen zeigte sich im Zittern ihrer Nasenflügel und im Zusammenziehen ihrer weißen Stirn, wo ein paar Strähnen ihres blassgoldenen Haares wehten.

Jacob zog den Heber aus dem Kasten, befestigte ihn an der langen Stange und begann damit zu schwenken wie zuvor, als die Hamburger in Sicht kam. Das Schiff kam langsam voran, ohne jedoch auch nur um Haaresbreite von seinem Kurs abzuweichen, der auf einer geraden Linie mit dem Lugger lag. Es war in der blauen, windigen Luft noch undeutlich, aber bis zu einem gewissen Grad erkennbar, und jetzt konnte ich es mit bloßem Auge als eine Barke oder ein Schiff von etwa der Größe der *Anine erkennen*, mit schwarzem Rumpf und einer Reihe bemalter Luken, die auf beiden Seiten verliefen. Es lag etwas hoch über dem Wasser, als wäre es halb leer oder als ob seine Ladung sehr leichte Güter wären; aber es lag ordentlich hoch – tatsächlich anders als die Hamburger. Seine Royals waren in Schneestreifen auf ihren Rahen verstaut, aber der Rest seiner Segel war ausgebreitet und zeigte sich in weichen, hellen weißen Bögen, und die Tücher hatten tatsächlich einen fast yachtartigen Glanz, als sie stetig gegen das stahlgraue Ambiente des Horizonts schwangen. Das Schiff schwankte etwas heftig, als es herankam, und der Schaum stieg in milchigen Wolken zu den Klüsen auf, wobei sich das runde, nasse, schwarze Bugstück regelmäßig ablöste und die Sonne auf den strömenden Balken blitzte. Von Zeit zu Zeit schwenkte Jacob seinen

Fahnenmast, während wir alle in der Zwischenzeit schweigend warteten und zusahen. Dann legte Abraham sein kleines Teleskop ans Auge und sagte nach einer Pause:

„Sie hat vor, beizulegen."

„Woher weißt du das?", rief ich.

„Ich sehe ein paar Gestalten an den Großsegeln stehen", sagte er. „Und ab und zu steht da hinten ein Kerl, der sich über die Reling beugt, um uns anzusehen."

Seine Beobachtung an der Küste erwies sich als richtig. Tatsächlich kann Ihr Bootsmann aus Deal die Absichten eines Schiffes so interpretieren, wie Sie die Leidenschaften im menschlichen Gesicht lesen können. Als das Schiff nur noch wenige Längen von uns entfernt war, nachdem das Großsegel zuvor hochgezogen worden war, wurden die Rahen am Großmast geschwungen und das Schiff gestoppt. Ihr Impuls, der sehr gut kalkuliert zu sein schien, brachte es wogend, schäumend und rollend fast auf gleicher Höhe mit uns, in Reichweite des Wurfes einer Leine, bevor es zum Stillstand kam. Ich bemerkte sofort eine Menge schokoladenbrauner Männer, die auf dem Vorschiff standen und uns anstarrten, darunter ein Weißer auf dem Kahn und ein Mann achtern auf dem Achterdeck, mit einem weißen Hellwachhaar und langen gelben Schnurrhaaren.

„Barke ahoi!", brüllte Abraham, denn das Schiff hatte offenbar diese Takelage, auch wenn wir es ihm nicht sagten, als es sich frontal näherte.

„Hallo!", rief der Mann im Weißen hellwach.

„Um Gottes Willen, Sir", rief Abraham, „werfen Sie uns ein Seil zu, damit wir längsseits gehen können! Wir sind in großer Not, und hier sind ein paar Leute, die an Bord wollen."

„Wirf ihnen eine Leine zu!", rief der Kerl nach achtern und schallte bis zum Vorschiff.

„Passen Sie auf!", brüllte der weiße Mann auf der Ferse des Überführungsschiffs innerhalb der Reling.

Eine Leine lag bereit, als hätte man unsere Not vorhergesehen; mit der Schnelligkeit eines Seemanns wickelte der weiße Mann sie in kleine Ringe, und in wenigen Augenblicken flogen die Windungen durch die Luft. Jacob packte das Seil mit der unfehlbaren Hand eines Bootsmanns, und wir drei streckten unsere Rücken danach aus und schwangen den Lugger zur Seite des Schiffes.

„Was wollt ihr?", rief der Mann mit dem langen Schnurrbart und blickte über die Reling auf uns herab.

„Wir kommen an Bord und sagen es Ihnen, Sir“, antwortete Abraham. „Jacob, passen Sie auf den Logger auf! Nun, Mr. Tregarthen, warten Sie auf Ihre Chance und springen Sie in die Kanäle [er meint die Besanketten], und ich stehe bereit, um der Dame zu helfen, in Ihre Hände zu kommen. Sie werden Narve brauchen, Miss! Können Sie das tun?“

Helga lächelte.

Ich sprang auf eine Ruderbank und stellte einen Fuß bereitwillig auf die Bordwand. Das Rollen der beiden Boote, sozusagen erschwert durch die schnellen Sprünge des Luggers im Vergleich zu den langsamen Bewegungen der Barke, machte das Entern sogar für mich, der ich einige Erfahrung darin hatte, bei schwerem Wetter auf Schiffsdecks zu gelangen, zu einer heiklen Aufgabe. Ich wartete. Das Boot schwang hoch und kam über die schiefe Seite der Barke: dann sprang ich, und es gelang mir, und drehte mich sofort um, um Helga zu fassen.

Abraham nahm sie unter die Arme, als wolle er sie bei Gelegenheit zu mir hochheben.

„Ich komme allein klar – allein bin ich sicherer!“, rief sie, lächelte ihn an und presste die Lippen aufeinander.

Sie tat, was ich getan hatte – sie stellte sich auf eine Querbank und hatte einen Fuß fest auf die Bordwand gestellt, und selbst in einem solchen Augenblick konnte ich noch genug Kraft aufbringen, die Schönheit ihrer Figur und die bezaubernde Anmut ihrer Haltung zu bewundern, während ihre Gestalt senkrecht auf den taumelnden Bewegungen des Luggers schwebte.

„Jetzt, Hugh!“ rief sie und hob ihre ausgestreckten Hände auf meine Höhe. Ich fing sie auf. Sie sprang und war im Nu an meiner Seite.

„Gut gemacht, Helga“, sagte ich. „Jetzt komm mit uns über die Reling.“

Sie blieb stehen, um Abraham mit einer Stimme, in der ich keine Hast ihres Atems erkennen konnte, zu rufen: „Kannst du mir bitte mein Päckchen hochreichen?“

Dies geschah und eine Minute später erreichten wir das Achterdeck der Barke.

Der Mann mit dem langen Bart näherte sich dem Rand des kurzen Achterdecks, während Helga und ich die Leiter hinaufstiegen, die dorthin führte. Er packte die Krempe seines Hutes, und ohne ihn zu heben, neigte er den Kopf, als ob er den Ruck ertragen würde, den er gab, und sagte mit einem leicht nasalen Akzent, der keineswegs Yankee-mäßig war, sondern von der Art, wie er bei der Bezeichnung „Wannenklopfer“ üblich ist:

„Ich nehme an, Sie sind die beiden in Not geratenen Personen, nach denen der Matrose im Lugger gerufen hat?"

„Das sind sie, Sir", sagte ich. „Darf ich davon ausgehen, dass Sie der Kapitän dieser Barke sind?"

„Das dürfen Sie", antwortete er und blickte Helga an. „Kapitän Joppa Bunting, Kapitän der Bark *Light of the World*, kommt von der Themse nach Table Bay, mit einer kleinen Ladung *und* Befehlen. Damit haben Sie alles, Sir", sagte er.

Mit einem selbstgefälligen Lächeln zupfte er an seinen langen Schnurrhaaren und blickte mal mich, mal Helga an.

„Kapitän Bunting", sagte ich, „diese Dame und ich sind Schiffbrüchige und können es kaum erwarten, nach Hause zu kommen. Wir haben einige schwere Erlebnisse erlebt, und diese Dame, die Tochter des Kapitäns der Barke *Anine*, hat nicht nur die Strapazen eines Schiffbruchs, die Strapazen eines Floßes und einige Tage des Elends an Bord des offenen Bootes nebenan erlebt: Sie wurde außerdem vom Tod ihres Vaters heimgesucht."

„Es tut mir wirklich sehr leid, das zu hören, Miss", sagte der Kapitän. „Aber lassen Sie sich damit trösten, dass der irdische Vater eines jeden Menschen irgendwann sterben muss, der himmlische Vater jedoch für immer bei ihm bleibt."

Helga neigte den Kopf. Solche Worte aus dem Mund eines einfachen Kapitäns trösteten mich sehr, denn sie waren ein Zeichen von Wohlwollen und Hilfe.

„Ich bin sicher", sagte ich, „ich kann auf Ihre Freundlichkeit zählen, diese Dame und mich aufzunehmen und uns an Bord des ersten Schiffs zu bringen, das uns in Richtung Heimat bringt."

„Natürlich ist es meine Pflicht als Christ", antwortete er, „allen trauernden Menschen, denen ich zufällig begegne, behilflich zu sein. Ein Deal-Lugger – und ich nehme an, Ihr kleines Schiff ist eins – ist kein passender Aufenthaltsort für eine junge Dame von knapp zwanzig Jahren –"

Er wollte gerade etwas hinzufügen, als in diesem Moment Abraham die Leiter heraufkam, gefolgt von dem weißen Mann, den ich auf dem Vorschiff stehen gesehen hatte.

„Was kann ich für Sie tun, mein Mann?", sagte der Kapitän und wandte sich an Abraham.

„Also, Sir, es ist so ähnlich –", begann Abraham.

„Er möchte, dass wir ihm einen Ersatzbaum geben, der als Mast dienen soll, Sir", warf der andere ein, der, wie ich bald erfuhr, der erste Maat des Schiffes war – ein rotblonder Mann mit blassem Gesicht und den hellblauen Augen, die ich je gesehen hatte, und einer kleinen Pickelnase, die von der Sonne eingefangen worden war und rot glühte, in starkem Kontrast zu seinen kalbfleischfarbenen Wangen. Er trug einen einfachen Anzug aus Lotsenstoff und eine Schaufelschirmmütze, aber das alte Paar Pantoffeln, das er trug, ließ ihn heruntergekommen aussehen.

„Ein Ersatzbaum!", rief der Kapitän. „Das ist eine große Aufgabe, mein Junge. Beim Anblick Ihres Bootes dachte ich, ich wäre die Downs noch nicht losgeworden! Hier unten gibt es nichts zu häufen, oder?"

„Sie bringen das Boot nach Australien, Sir!", sagte der Maat.

Der Kapitän sah Abraham streng an.

„Gegen eine Entschädigung, nehme ich an?", sagte er.

„Jawohl, Sir, gegen Entgelt, wie Sie sagen", antwortete Abraham mit einem breiten Grinsen und war offensichtlich sehr erfreut über den Empfang, den der Kapitän ihm bereitete.

„Dann", sagte der Kapitän, strich sich den Bart herunter und lächelte mit einem Ausdruck der Selbstgefälligkeit, der sich nicht in Worte fassen ließ, „zweifle ich keinen Augenblick daran, dass Sie diesen Lugger nach Australien *bringen* , denn meine Meinung über die Deal-Bootsleute ist folgende: Gegen Entgelt würden sie ihre unsterblichen Seelen bis vor die Tore des Teufelspalastes tragen und dann in ihre Wirtshäuser zurückkehren, sich mit dem Geld betrinken, das sie bekommen haben, und herumtollen und damit prahlen, wie sie Old Nick persönlich besiegt haben! Ein Ersatzbaum als Mast, was?", fuhr er fort und spähte Abraham ins Gesicht. „Wie heißen Sie, mein Mann?"

„Abraham Vise", antwortete der Bootsmann, anscheinend noch zu erstaunt, um wütend zu sein.

„Nun, sehen Sie mal, Freund Abraham", sagte der Kapitän, verdrehte die Augen und zeigte gelassen nach oben, „mein Schiff ist kein Wald, und an Bord wachsen keine überzähligen Bäume. Und doch", sagte er und blickte Abraham noch einmal genau ins Gesicht, „sind Sie offensichtlich ein Mitchrist in Not, und es ist meine Pflicht, Ihnen zu helfen! Ich nehme an, Sie *sind* ein Christ?"

„Ein Geborener!", antwortete Abraham.

„Dann, Mr. Jones", rief der Kapitän, „gehen Sie mit Freund Abraham Vise um das Schiff herum und sehen Sie, was es in Form eines Ersatzbaums zu holen gibt. Los jetzt! Es ist Zeit auf dem Meer, und ich kann mein Deck nicht den ganzen Tag lang auf dem Rücken lassen.“

Die beiden Männer verließen das Achterdeck. Der Kapitän fragte mich nach meinem Namen, dann nach Helgas und sagte: „Mr. Tregarthen und Sie, Miss Nielsen, ich werde Sie bitten, nach unten zu kommen. Ich habe einen Tropfen Wein in meiner Kabine und ein Glas davon kann keinem von Ihnen schaden. Kommen Sie mit, wenn Sie möchten.“ Und mit diesen Worten führte er uns zu einer kleinen Kajütenluke, durch die er sich hineinzwängte, Helga und mich hinter sich her. und ich erinnere mich, als ich mich umdrehte, um die erste Stufe zu betreten, bemerkte ich (mit einer Art Verwunderung, die mir mit der Geschwindigkeit eines Gedankens durch den Kopf ging) das zitronenfarbene Gesicht eines Mannes, der am Steuer stand. Auf seiner Stirn lag ein finsterer Gesichtsausdruck, der aussah, als wäre er von der Sonne ausgebleicht und sah aus wie die Schale einer faulen Orange. In seinen dunklen Augen lag ein so grimmiger, funkelnder Ausdruck, dessen Pupillen wie ein Tintentropfen lagen, der langsam auf ein Stück farbiges Löschpapier sickert, dass ich, wenn ich es nicht so eilig gehabt hätte, dem Kapitän zu folgen, wohl verweilt hätte, um immer wieder einen Blick auf das seltsame, grimmige, abweisende Geschöpf zu werfen.

Wir betraten eine schlichte kleine Kabine oder ein Wohnzimmer, das mit den Möbeln ausgestattet war, die man normalerweise auf Schiffen dieser Art sieht – einem Tisch, Schränken, zwei oder drei Stühlen, einem Schaukeltablett, einer Lampe und dergleichen. Der Kapitän bat uns, Platz zu nehmen, und verschwand in einer Koje vor der Kabine; aber er kam zu schnell zurück, um Helga und mich ein Wort wechseln zu lassen. Er stellte eine Flasche Marsala auf den Tisch, nahm die Weingläser von einem an einem Balken befestigten Gestell und holte aus einem Seitenschrank einen Teller mit gemischten Keksen. Er füllte die Gläser und trank mit seinem eigentümlichen Lächeln und einer ebenso eigentümlichen Verbeugung auf unsere Gesundheit und fügte hinzu, dass er hoffe, das Vergnügen zu haben, uns bald umzuladen.

Er hatte seinen Hut abgenommen, und im Augenblick gab es nichts, was mich von einem schnellen, aber umfassenden Blick auf ihn ablenken konnte. Er hatte eine lange Hakennase, kleine, unruhige Augen und so üppiges Haar, dass es sich auf seinem Rücken kräuselte. Seine Wangen waren vollkommen farblos und von ungesunder Schamröte und hingen sehr fett hinter seinen langen Backenbart, und ich fand ihn bemerkenswert wegen seines Mundes, dessen Oberlippe so dick war wie die Unterlippe. Er hätte sehr gut als Londoner Kaufmann durchgehen können – als Mann, der durch die langen Jahre, in denen er in einem dunklen Laden hinter einem Ladentisch gedient hatte, fast blutleer geworden war. Sein Aussehen hatte überhaupt nichts von einem Seemann – ich meine nicht den theatralischen Seemann, unseren alten Freund mit der purpurnen Nase und der vom Alkohol gefärbten Haut, sondern den gewöhnlichen, alltäglichen Seemann, dem man in den Docks Großbritanniens zu Tausenden begegnen kann. Aber was ich an ihm am bemerkenswertesten fand, war sein Lächeln. Es war das Gespenst der Fröhlichkeit, das sein Gesicht durchzog. Es war kein Leben darin, keine Aufrichtigkeit. Trotzdem führte es zu einem ständigen Wechsel von mehr oder weniger definierten Gesichtszügen, die von einem Ausdruck geprägt waren, der einem sofort klar machte, dass Captain Joppa Bunting die höchstmögliche Meinung von sich selbst hatte.

Er fragte mich nach meiner Geschichte und ich erzählte sie ihm, während er mir mit seinem einzigartigen Lächeln zuhörte und seine Augen fast verlegen auf mein Gesicht gerichtet hielt.

„Ah!", rief er und stieß einen tiefen Seufzer aus, „der Rettungsdienst ist eine edle Sache. Der Himmel segne seine erhabenen Bemühungen! Und es ist erfreulich zu wissen, dass Ihre Majestät die Königin eine Schirmherrin dieser Einrichtung ist. Mr. Tregarthen, Ihr Gewissen sollte Ihnen sehr wohltun, Sir, wenn Sie bedenken, dass diese bezaubernde junge Dame ohne Sie umgekommen wäre" – er deutete mit einer unbeholfenen Neigung seines Körpers auf Helga.

„Ich glaube, Captain", sagte ich, „Sie müssen es andersherum ausdrücken. Ich meine, ohne Miss Nielsen wäre *ich* umgekommen."

„Nielsen – Nielsen", sagte er und wiederholte das Wort. „Das ist doch kein englischer Name, oder?"

„Kapitän Nielsen war Däne", sagte ich.

„Aber Sie sind kein Däne, Madam?", rief er aus.

„Meine Mutter war Engländerin", antwortete sie, „aber ich bin trotzdem Däne."

„Was ist die Religion der Dänen?", fragte er.

„Wir sind ein protestantisches Volk", antwortete sie, während ich den Mann anstarrte und mich fragte, ob er bei klarem Verstand war, denn nichts könnte in einer solchen Situation unpassender erscheinen als seine Fragen und Hinweise auf die Religion.

„Was ist Ihre Konfession, Madam?", fragte er lächelnd und zupfte an einem langen Schnurrbart.

„Ich dachte, ich hätte Ihnen klar gemacht, dass ich Protestantin bin", antwortete sie einen Moment lang gereizt.

„Es gibt viele Arten von Protestanten!", rief er aus.

„Haben Sie keine schwarze Mannschaft?", fragte ich, bestrebt, das Thema zu wechseln, und warf einen Blick auf die Suche nach Abraham durch das Fenster der kleinen Tür, die aufs Achterdeck führte und an deren beiden Seiten sich eine Koje oder ein Schlafzimmer befand, aus einem davon hatte der Kapitän den Wein geholt.

„Ja, meine Mannschaft ist schwarz", sagte er; „schwarz hier" – er berührte sein Gesicht – „und, fürchte ich, schwarz hier" – er legte seine Hand auf sein Herz. „Aber ich habe die Hoffnung, ihnen einen Aberglauben auszutreiben, bevor wir unseren Anker in der Tafelbucht loslassen!"

Als er diese Worte sagte, war in der Kabine ein plötzlicher heftiger Stoß zu spüren, als ob das Schiff tatsächlich auf dem Boden aufgeschlagen wäre, als es mit dem Heck in die Wellenrinne fiel. Die ganze Zeit über hatte das Schiff gerollt und ziemlich heftig gekippt, da es mit dem Marssegel am Mast im Schwung der See lag; aber nach den unruhigen, fieberhaften Bewegungen des Loggers war die Bewegung so langwierig, so leicht, so angenehm, mit einem Wort, dass ich kaum etwas davon mitbekommen hatte, als ich dasaß und sprach. Aber der plötzliche Stoß hätte nicht erschreckender und scheinbar heftiger sein können, wenn ein großes Schiff in uns hineingefahren wäre. Ein lauter Schrei folgte. Kapitän Bunting sprang auf; im selben Moment hörte man über ihm ein hastiges Trampeln und Gepolter und weitere Schreie. Kapitän Bunting rannte zur Niedergangstreppe, die er mit unglaublicher Gewandtheit hinaufhüpfte.

„Ich fürchte, der Logger ist gegen die Seite des Schiffes getrieben worden!", sagte Helga.

„Oh, Himmel, ja!" rief ich. „Aber ich hoffe, den armen Kerlen zuliebe, sie ist nicht verletzt. Lasst uns an Deck gehen!"

Wir rannten die Stufen hinauf, und das Allererste, was ich sah, als ich durch die Luke kam, war Jacobs Gesicht, purpurn von der Anstrengung des Kletterns, das über die Reling ragte. Abraham und zwei oder drei farbige Männer packten den armen Kerl, und er taumelte klatschnass auf das Deck.

Helga und ich rannten zur Seite, um zu sehen, was passiert war. Wir brauchten nicht lange zu suchen. Direkt unter dem Achterschiff lag der Lugger, in den das Wasser hineinströmte. Eine Seite war ganz zerquetscht, als hätte eine Armee von Arbeitern mit Hackmessern auf ihn eingehämmert. Wir hatten kaum Zeit, einen Blick darauf zu werfen, bevor er verschwunden war! Eine schäumende See schoss über ihn und füllte ihn, sodass er wie ein Stein unterging. Die Leine, die ihn hielt, riss wie ein Faden, um die Barke aus dem ertrinkenden Gewebe zu heben.

„Weg!", rief ich. „Gott schütze uns! Was werden unsere armen Freunde tun?"

Kapitän Bunting brüllte in echter Seemannsmanier. Er lächelte zwar noch immer, aber seine Stimme hatte ihren nasalen Klang verloren.

„Wie konnte das passieren?", brüllte er. „Warum um Himmels Willen wurde der Logger nicht abgewehrt? Mr. Jones, springen Sie in das Achterboot und sehen Sie nach, ob wir verletzt sind."

Der Maat sprang ins Boot und reckte den Hals. „Bei uns scheint alles in Ordnung zu sein, Sir!", rief er.

„Nun, wie ist das passiert?", rief der Kapitän und wandte sich an Jacob, der dastand, ein Bild der Verzweiflung und Niedergeschlagenheit, während das Wasser von seinen Füßen auf das Deck lief und aus seinen Fingerspitzen tropfte, während seine Arme auf und ab hingen, als stünde er in einer Dusche.

„Ich war nach vorne gegangen", antwortete der arme Kerl, „um die Leine zu lockern, damit der Lugger freikommen konnte, und dann passierte es, und das ist alles, was ich weiß." Und hier wandte er langsam sein halb ertrunkenes, verwirrtes Gesicht Abraham zu, der über die Reling auf das Meer hinunterstarrte, wo der Lugger gesunken war, als wäre er durch einen Schlaganfall bewegungslos geworden.

„Also, und was werden Sie jetzt tun?", rief Kapitän Bunting.

„Tun? Whoy, ich schmeiße mich über Bord!", rief Jacob, der durch die Qual der plötzlichen Erkenntnis offenbar seine alte Vitalität wiedererlangt hatte.

Hier blickte Abraham sich langsam um, drehte sich dann um, legte sich an die Reling und musterte uns leblos.

KAPITEL VI.

KAPITÄN JOPPA BUNTING.

In der Nähe standen vier oder fünf farbige Seeleute und schauten zu. Obwohl ich nicht sicher sein konnte, vermutete ich aufgrund der etwas chinesischen Gesichtszüge, dass es sich um Malayen handelte. Ich hatte solche Gesichter schon einmal gesehen, als sie eine Gruppe weißer europäischer Seeleute verfärbten, die über die Seite eines in unserer Bucht vor Anker liegenden Schiffes auf das Rettungsboot blickten, für das ich während einer oder zwei Stunden Übung verantwortlich war. Ich bemerkte auch das wilde zitronengelbe Wesen am Steuerrad, das dem Kapitän mit seinen verstohlenen, dunklen Augen folgte, als er sich bewegte; aber mehr als das hatte ich nicht zur Kenntnis zu nehmen.

„Abraham", rief ich aus und ging auf ihn zu, „das ist eine schlimme Sache."

„Ja", murmelte er und trocknete sich die Lippen an den Fingerknöcheln. „Jetzt bleibt mir nichts anderes übrig, als wieder nach Hause zu kommen. Ich habe fünfzehn Pfund für diesen Job hier ausgegeben, und das ist weg, und weg ist auch das Geld, das wir abholen sollten. Oh, Jacob, Kumpel! Wie kam es dazu? Wie kam es dazu?", rief er mit einer Stimme bitteren Kummers, die ohne die geringste Spur von Wut oder Vorwurf war.

„Das hast du gehört, Abraham", antwortete der andere mit gebrochener Stimme. „Gott, er weiß, wie es passiert ist. Ich hätte zehnmal so viel Geld dafür gegeben, dass du diese Arbeit hier als Mäher gemacht hättest und nicht ich, damit ich so viel Mitleid mit dir hätte, Abey, wie du mit mir hast, Kumpel."

„Ist sie ganz weg?", rief Kapitän Bunting und blickte über das Achterdeck. „Ja, ganz. Nur ihr Boot schwimmt noch und ein paar Masten. Es ist verschüttete Milch und nicht durch Tränen zu retten. Ihr beiden Männer müsst mit uns gehen, bis wir euch vier nach Hause schicken können. Mr. Jones, setzen Sie bitte Ihr Marssegel auf. Hallo! Sie Pallunappachelly, wischen Sie das Nasse da auf, hören Sie? Jetzt Moona, jetzt Yong Soon Wat und Sie, Shayoo Saibo – Großmarssegel spannen und mithelfen!"

Während die Toppsegelrah im Schwingen war, bemerkte ich, dass Abrahams Gesichtsausdruck sich plötzlich änderte. Ein Wutanfall, der seinem Ausbruch ähnelte, als die Hamburger an uns vorbeigefahren war, verdunkelte sein Gesicht. Er verdrehte grimmig die Augen, dann riss er seine Mütze vom Kopf und warf sie wild auf das Deck, und während er in einer Art verrücktem Tanz herumtaumelte und herumrollte, brüllte er aus vollem Hals:

„Ich sage, das *kann nicht* wahr sein! Ich sage, das ist ein Traum – ein blumiger, armseliger Traum! Die *Airly Marn* ist gesunken!" Hier versetzte er seiner Mütze einen Tritt, der sie über die gesamte Länge des Achterdecks fliegen ließ. „Das ist ein Loie, sage ich. Es hätte 75 Pfund pro Mann sein sollen, und es sind zwei weg, deren Anteile uns zugestanden hätten. Und wo sind meine 15 Pfund an Waren? Verflucht, sage ich, wann immer wir dieser Barke begegnet sind!"

Er tobte einige Minuten lang in dieser Art und Weise, während der Kapitän ihn mit schiefem Kopf beäugte, als wollte er herausfinden, ob er betrunken oder verrückt war. Dann stürzte er mit einer Heftigkeit zur Seite, die mich fürchten ließ, er wolle über Bord springen, und brüllte, während er einen Moment nach unten blickte und seine geballte Faust in Richtung Meer schüttelte:

„Ja, dann *ist sie* weg, und das war kein Traum!"

Er verpasste sich einen kräftigen Klaps auf den Oberschenkel, drehte sich um und starrte uns an, als hätte ihn die Erscheinung von etwas Grauenvollem vorübergehend seiner Sinne beraubt.

„Diese Deal-Bootsleute haben ein leicht erregbares Wesen!", sagte Kapitän Joppa Bunting zu mir, lächelte unverwandt und fuhr sich dabei mit den Fingern durchs Schnurrhaar.

„Ich vertraue darauf, dass Sie Geduld mit den armen Kerlen haben werden", sagte ich. „Für die Männer ist es ein schwerer Verlust und ein Todesstoß für große Erwartungen."

„Auf See ist gelegentlich ein hitziges Gemüt verzeihlich", bemerkte der Kapitän, „aber Sprache dulde ich nie. Doch diese unglückliche christliche Seele sollte man ertragen, wie Sie sagen, da er ein armer, unwissender Mann ist, der schwer geprüft wird. Abraham Vise, kommen Sie her!", rief er.

„Sein Name ist Wise", sagte ich.

„Wise, komm her!", rief er.

Abraham näherte sich uns mit langsamem, wiegendem Gang und einem Gesicht, in dem die Fassungslosigkeit seine Stimmung inzwischen etwas getrübt hatte.

„Abraham", sagte der Kapitän und blickte von ihm zu Jacob, der bis auf den Grund durchnässt mit verbissenem Gesicht und auf das Deck gerichtetem Blick an der Reling lehnte, „Sie haben einen jener schweren Rückschläge erlebt, die ganz und gar zum Wohle des Leidenden geschehen, wie sehr er sich auch dagegen wehren mag. Verlassen Sie sich darauf, mein Mann, dass der Verlust Ihres Luggers einen vernünftigen Zweck hat."

Abraham sah ihn mit einem Auge an, dessen Blick das Wort „*verdammt*" so deutlich ausdrückte, wie seine Lippen den Schwur hätten aussprechen können.

„Sie beide wollten in diesem kleinen offenen Boot nach Australien", fuhr der Kapitän mit väterlicher Miene und nasaler Stimme fort und lächelte dabei immer. „Glauben Sie, Sie hätten jemals diese ferne Küste erreicht?"

„Das glaube ich ganz bestimmt, Sir", rief Abraham heiser und nickte heftig.

„Dann sage ich *nein* !", donnerte der Kapitän. „ *Zwei* von Ihnen! Ich bin im Kanal schon auf kleinere Logger gestoßen als Ihren, die mit einer achtköpfigen Besatzung unterwegs waren."

„Ja!", rief Abraham. „Und wen? Stellen Sie sich die Frage einfach selbst! Weil sie Männer als Lotsen mit aufs Schiff nehmen. Aber mit einem Logger kommen nur wenige klar."

„Ich sage nein!", donnerte der Kapitän erneut. „Was? Den ganzen Weg von den Chops bis zur Sydney Bay. Wer ist Ihr Navigator?"

„Ja, das bin ich", antwortete Abraham.

Der Kapitän verzog seinen seltsamen, doppellippigen Mund zu einem höhnischen Grinsen, das jedoch irgendwie sein gewohntes oder angeborenes Lächeln nicht verbarg oder veränderte, während er seinen Blick über die Gestalt des Bootsmanns gleiten ließ.

„Sie!", rief er, hielt inne und brach in lautes Lachen aus; dann nahm er seine nasale Betonung wieder an und fuhr fort: „Merken Sie sich das jetzt. Der Verlust Ihres Luggers neben meiner Bark ist ein Wunder, das ein großzügiger Himmel vollbracht hat, um Ihre Existenz zu verlängern, die Sie durch eine schreckliche Torheit absichtlich zu verkürzen versuchten, so schrecklich, dass Sie, wären Sie durch ein ähnliches Verhalten an Land gestorben, mit einem Pfahl durch die Mitte begraben worden wären."

Er verdrehte die Augen, bis kaum mehr als das Weiße darin zu sehen war. Obwohl ich um den armen Abraham trauerte, konnte ich mich kaum davor zurückhalten, laut loszulachen, so lächerlich waren die wechselnden Emotionen, die sich in seinem Gesicht abspielten, und so absurd war Jacobs starrer Blick voller Erstaunen und Zorn.

„Nun, Männer", fuhr der Kapitän fort, „können Sie vorwärtsgehen. Wie heißen *Sie* ?"

„Jacob Minnikin, Sir", antwortete der Bootsmann mit belegter, mühsam gesprochener Stimme.

„Gehen Sie in die Kombüse, Jacob Minnikin", sagte der Kapitän, „und trocknen Sie Ihre Kleider. Der Erste Offizier wird Ihnen zeigen, wo Sie im Vorschiff ein paar freie Kojen finden. Wärmen Sie sich auf und essen Sie etwas. Ich hoffe, Sie sind bereit zu arbeiten, wenn ich Sie behalte, bis ich Sie nach Hause schicken kann?"

Abraham murmelte mürrisch: „Ja, Sir."

„In Ordnung. Wir werden vielleicht nicht lange zusammen sein, aber solange ich dich habe, werde ich dankbar für dich sein. Wir sind eine schwarze Mannschaft, und der Anblick von ein paar weißen Gesichtern vorn wird mir gut tun. Los geht's, jetzt!"

Ohne ein weiteres Wort stapften die beiden Männer vom Achterdeck, doch ich konnte hören, wie sie miteinander murmelten, während sie die Leiter hinunterstiegen.

Dieses Segel war schon vor einiger Zeit getrimmt worden, und die Bark brach wieder schwerfällig durch die See, machte ein lautes Stottern von ihrem Bug bis zur Wölbung ihres apfelförmigen Buges und rollte und tauchte, als ob sie mit der Brandung des Agulhas oder des Horns kämpfen müsste. Ich ließ meinen Blick über den Ozean schweifen, aber es war nichts zu sehen. Die Atmosphäre war etwas dichter geworden, und es wehte ein frischer Wind, aber der Wind kam von der Seite, und der Maat hatte nichts im Wetter gefunden, das ihn daran gehindert hätte, das Großsegel mit der Backbordklampe wieder darauf auszurichten. Aber das Gerede des Kapitäns hinderte mich zu diesem Zeitpunkt daran, weitere Beobachtungen anzustellen.

„Diese beiden Männer", sagte er, „haben sehr gute, ehrliche, bedeutende, biblische Namen. Abraham und Jakob", schmatzte er. „Ich mag sie. Ich schätze mich glücklich, dass ich Joppe heiße", fuhr er fort und sah von mir zu Helga. „Man *hätte mich* auch Robert nennen können."

Man hätte meinen können, das Lächeln, das diese Rede begleitete, sollte darauf hinweisen, dass es sich um einen Scherz handelte, aber eine kurze Beobachtung versicherte mir, dass es sich um einen starren Gesichtsausdruck handelte.

„Ich habe bemerkt", fuhr er fort, „dass die niederen Schichten sehr träge und langsam sind, wenn es darum geht, das Unglück zu begreifen, das ihnen widerfährt. Diese beiden Männer, Sir, sind nicht im Geringsten dankbar für den Verlust ihres Luggers, der ihnen, wie ich ihnen sagte, zweifellos das Leben gerettet hat."

„Sie sind arme Leute", sagte Helga, „und wissen nicht, wie sie für den Verlust von vielleicht fast allem, was sie auf der Welt besitzen, dankbar sein sollen."

Er sah sie lächelnd an, blickte an ihr herab und rief: „Ich bin ganz sicher, dass *Sie* sich den Beschluss des Himmels nicht übel genommen haben, als die Barke Ihres armen Vaters sank."

Helga schwieg.

„War sie versichert, Madam?", fragte er.

Sie antwortete kurz mit „Ja", ohne nähere Erklärungen abzugeben.

Er musterte sie nachdenklich und legte dabei seinen Kopf auf die Seite. Dann wandte er sich an mich und sagte:

„Der Mann Abraham also. Ich nehme an, er war Kapitän des Loggers?"

„Ja, das war er", sagte ich.

„Ist es möglich, dass er sich mit Navigation auskennt?"

„Ich fürchte, er kennt sich mit dieser Kunst nicht besonders gut aus. Den Breitengrad kann er mit Hilfe eines alten Quadranten ermitteln, den Längengrad aber überlässt er der Koppelnavigation."

„Und trotzdem wollte er nach Australien!", rief der Kapitän, warf seine blassen, fleischigen Hände hin und her und verdrehte die Augen. „Und trotzdem ist er ein anständiger Mann?"

„Ein großherziger, guter Mann", rief Helga herzlich.

Er musterte sie noch einmal nachdenklich, legte den Kopf auf die Seite, strich sich langsam ein Schnurrhaar aus dem Gesicht und wandte sich dann an mich:

„Ich befinde mich in einer ziemlich misslichen Lage", sagte er. „Mr. Ephraim Jones und ich sind die einzigen beiden Weißen an Bord dieses Schiffes. Jones ist der einzige Maat. Wissen Sie, was das bedeutet?"

Ich schüttelte unwissend den Kopf und warf einen Blick auf Helga.

„Kapitän Bunting meint", antwortete sie lächelnd, „dass der einzige Maat buchstäblich der einzige Maat ist, den ein Schiff mitführt."

Er starrte sie mit hochgezogenen Augenbrauen an und verneigte sich dann vor ihr.

„Gut, gnädige Frau", sagte er. „Und wenn Sie verheiratet sind, liebe Dame, werden Sie, so vertraue ich darauf, dafür sorgen, dass Ihr Mann *Ihr* einziger Gefährte sein wird."

Sie errötete leicht, und als sie auf dem schwankenden Deck schwankte, sah ich, wie ihr kleiner Fuß einen Moment lang bockig auf die Planke schlug. Es war klar, dass Kapitän Bunting sich durch seinen Witz nicht ihre Bewunderung verdienen würde.

„Sie haben von Abraham gesprochen", sagte ich.

„Nein, ich sprach von Jones", antwortete er, „und versuchte, die etwas unangenehme Lage zu erklären, in der ich mich befinde. Der Mann, der als zweiter Maat fungierte, war der Zimmermann der Bark, ein Bursche namens Winstanley. Ich fürchte, er wurde verrückt, nachdem wir einen Tag draußen waren. Ob er über Bord gesprungen oder über Bord gefallen ist, kann ich nicht sagen." Er verzog das Gesicht, als ob ihn die Erinnerung schockiert hätte. „Es blieb mir nichts anderes übrig, als die Reise mit meinem einzigen Maat fortzusetzen; und natürlich muss ich mit ihm Wache halten – was für mich sehr unbequem ist. Ich glaube, Abraham Wise – oder Vise, wie er sich selbst nennt – würde Winstanleys Platz hervorragend einnehmen."

„Er will nach Hause", sagte ich.

„Aber ich könnte ihn vielleicht dazu verleiten, bei mir zu bleiben", sagte er lächelnd. „Es gibt keine Melodie, die für die Ohren eines Deal-Bootsfahrers so verführerisch ist wie das Klimpern von Silberdollars."

„Sie werden feststellen, dass er absolut vertrauenswürdig ist", sagte Helga.

„Wir werden ein wenig warten – wir werden ein wenig warten!" rief er gelassen.

„Natürlich, Kapitän Bunting", sagte ich, „Ihre Absichten gegenüber Abraham werden Sie sicher nicht davon abhalten, Miss Nielsen und mich bei der allerersten Gelegenheit nach England zu schicken." Und während ich sprach, bemerkte ich, wie mein Blick über den Bug der Barke seewärts schweifte.

„Sie werden an Bord des allerersten Schiffs geschickt, das vorbeikommt, vorausgesetzt, dass es Sie aufnimmt."

Ich dankte ihm herzlich und fügte auf die feinfühligste Art und Weise hinzu, die mir im Augenblick einfiel, dass alle Kosten, die durch seine Bewirtung entstanden, übernommen werden sollten. Er machte eine freudige Geste mit seiner fetten Hand.

„Diese Worte wendet man an einen Pharisäer, Sir, und nicht an einen Samariter."

Das alles war überaus erfreulich. Meine Stimmung besserte sich und ich war sehr gut gelaunt mit ihm. Er sah auf seine Uhr.

„Fünf Uhr", sagte er. „Mr. Jones", rief er dem Maat zu, der vorne an der kleinen Achterleiter stand, „Sie können nach unten gehen und Ihr

Abendessen holen und mich dann ablösen. Sagen Sie Punmeamootty, er soll etwas kaltes Rindfleisch und eingelegte Gurken auf den Tisch stellen. Lassen Sie ihn lieber auch den Schinken auflegen und sagen Sie dem Narren, dass er ihn nicht beißen wird. Punmeamootty kann Kaffee machen, Mr. Jones; oder trinken Sie vielleicht Tee?", sagte er und wandte sich an Helga. "Also, *beides*, Mr. Jones, *beides*", rief er: "Tee *und* Kaffee. Kochen Sie eine gute Mahlzeit, Sir, und kommen Sie dann und lösen Sie mich ab."

Der Maat verschwand. Kapitän Bunting trat ein oder zwei Schritte zurück, um einen Blick nach oben zu werfen. Dann warf er, wie mir schien, mit dem Blick eines Seemanns trotz seines Bartes, seines schmutzigen, fleischigen Gesichts und seines starren Lächelns einen prüfenden Blick nach Luv und musterte vorsichtig den Horizont. Dann warf er einen Blick auf den Kompass und sagte etwas zu einem mahagonifarbenen Mann, der den grimmig aussehenden Kerl am Steuer ersetzt hatte. Ich bemerkte, dass der Mann, als der Kapitän näher kam, unruhig in seinen Schuhen herumrutschte, zwischen denen und dem Fuß seiner blauen Latzhose das nackte, gelbe Fleisch seiner Knöchel sichtbar war.

Ich sagte leise und schnell zu Helga: "Das ist ein ganz außergewöhnlicher Schiffskapitän."

"Etwas an ihm stößt mich ab", antwortete sie.

"Er verhält sich jedoch freundlich und gastfreundlich."

"Ja, Hugh, aber ich werde die Barke gern verlassen. Das Schiff hat eine sehr seltsame Mannschaft an Bord! Wer sind sie?"

"Ich werde ihn fragen", sagte ich, und in diesem Moment kam er wieder zu uns.

"Kapitän", rief ich aus, "aus welchen Landsleuten stammen Ihre Matrosen, bitte?"

"Hauptsächlich Malayen, darunter auch ein paar Singalesen", antwortete er. "Ich habe sie ganz plötzlich an Bord bekommen und war froh, dass ich sie hatte, das kann ich Ihnen sagen. Ich hatte eine gewöhnliche europäische Mannschaft in der Themse an Bord genommen, und in den Downs, wo wir drei Tage lang windumtost lagen, ließen sie, bis auf Mr. Jones und Winstanley, in einer dunklen Nacht das Achterboot zu Wasser", sagte er und nickte dazu, "warfen ihre Fallen hinein und fuhren um das Südvorland herum nach Dover. Ich holte das Boot zurück und erfuhr, dass eine Mannschaft Malayen im Seemannsheim in Dover untergebracht war. Ein Schiff aus Ceylon, das am Kap angelegt und dort einige farbige Seeleute aufgenommen hatte, war eine oder zwei Nächte vor der Flucht meiner Männer irgendwo vor dem Südsandkopf gestrandet. Es war völlig zerstört, und seine

Mannschaft wurde nach Dover gebracht. Es waren insgesamt elf, mit einem Bootsmann oder Bootsmann oder Serang, nennen Sie ihn, wie Sie wollen – da ist er!" Er zeigte auf einen dunkelhäutigen Kerl auf dem Vorschiff. „Nun, um es kurz zu machen, als diese Kerle hörten, dass ich nach Kapstadt unterwegs war, wollten sie alle unbedingt einschiffen. Sie boten ihre Dienste für sehr wenig Geld an – wirklich sehr wenig Geld", fügte er lächelnd hinzu, „ihr Ziel war es, nach Hause zu kommen. Ich hatte nicht damit gerechnet, in den Downs als Mannschaft festgehalten zu werden, und glauben Sie mir, ich hatte nicht das Herz, noch eine Dosis des britischen Handelsmatrosen zu schlucken, also ließ ich sie an Bord bringen – und da sind sie!", rief er und blickte selbstgefällig nach vorn und nach hinten, „aber sie sind innen und außen schwarz. Sie sind Mohammedaner, bis auf den letzten Mann, und jetzt bereue ich, dass ich sie eingeschifft habe, obwohl ich hoffe, Gutes zu tun – ja", sagte er und nickte mir zu, „ich hoffe, Gutes zu tun."

Er verlieh diesem letzten Satz die ganze Bedeutung, die sein Gesichtsausdruck und sein Benehmen ihm verleihen konnten, aber ich machte mir nicht die Mühe, ihn zu fragen, was er damit meinte. Mr. Jones blieb etwa zehn Minuten unten. Dann kam er an, und der Kapitän, der Helga Fragen über das Schiff ihres Vaters, die Ursache ihres Untergangs und dergleichen stellte, unterbrach sich sofort, als er den Maat erblickte, und bat uns, ihm in die Kabine zu folgen.

Das heimelige Innere sah sehr gastfreundlich aus, der Tisch war sauber gedeckt und angenehm mit Lebensmitteln ausgestattet. Der farbige Mann, der offenbar als Steward fungierte und den merkwürdigen Namen Punmeamootty trug, stand als dunkler Schatten neben der Kabinentür. Trotz eines rauchigen Sonnenuntergangs im windigen Dunst des Westens lag die Abenddämmerung im Osten bereits über dem Ozean, und die Kabine bot, als wir sie betraten, einen etwas dunklen Anblick; doch obwohl die Gestalt des Malayen, wie ich bereits sagte, nicht mehr als ein Schatten war, konnte ich seine glänzenden Augen sogar aus der Entfernung der Nebentreppe deutlich sehen; und ich glaube, wäre es noch viel dunkler gewesen, hätte ich seine Augen gesehen, die uns vom anderen Ende der Kabine aus ansahen.

„Zünden Sie die Lampe an, Punmeamootty!", sagte der Kapitän. „Nun, lassen Sie mich mal sehen", sagte er und warf sein Hellwach auf einen Schrank. „Auf See nennen wir die letzte Mahlzeit Abendessen, Miss Nielsen."

„Ja, das weiß ich", antwortete sie.

„Bevor wir zum Abendessen gehen", fuhr er fort, „würden Sie sich gern in einer Kabine erfrischen. Wie wäre es, wenn wir Sie unterbringen könnten, Mr. Tregarthen? Diese Kabine gehört mir", sagte er und zeigte, „und die gegenüberliegende gehört Mr. Jones. Da unten gibt es vier düstere kleine

Löcher, von denen eines von dem armen Winstanley bewohnt wurde, und die anderen sind, fürchte ich, vollgestopft mit Vorräten und Krimskrams." Er musterte sie einen Moment nachdenklich. „Kommen Sie", sagte er, „Sie sind eine Dame und müssen es sich bequem machen, wie kurz Ihr Aufenthalt bei mir auch sein mag. Mr. Jones wird seine Kabine aufgeben und ins Zwischendeck gehen!"

„Und Mr. Tregarthen?", sagte Helga.

„Oh, ich werde einige unserer Schwarzen nach dem Abendessen damit beauftragen, eine der Kojen unten für ihn vorzubereiten."

„Ich möchte nicht von Mr. Tregarthen getrennt werden", sagte Helga.

Captain Bunting sah sie an, dann mich, dann ihre linke Hand, denn der farbige Steward hatte inzwischen die Lampe angezündet und wir unterhielten uns in ihrer Nähe.

„Sie sind Miss Nielsen?", fragte der Kapitän. „Habe ich mich geirrt?"

Dem Mädchen stieg das Blut in die Wange.

„Nein, Sie haben sich nicht geirrt", sagte ich. „Miss Nielsen und ich leiden nun schon seit einigen Tagen gemeinsam, und um uns kennenzulernen, möchte sie, dass ihre Koje in der Nähe meiner liegt."

Das sagte ich beruhigend, denn ich fand, dass die Stirn des Kapitäns ein wenig umwölkt aussah.

„So sei es", sagte er mit einer sanften Geste beider Hände. „In der Zwischenzeit, Madam, stehen Ihnen alle Annehmlichkeiten meiner Kabine zur sofortigen Nutzung zur Verfügung."

Sie zögerte, doch als mein Blick sich begegnete, schien sie sofort zu erfassen, was ich dachte, und mit einem hübschen Lächeln dankte sie ihm und ging sofort in seine Kabine.

„Tatsache ist, Sir", sagte er mit nasaler Stimme, während er an seinem Hemdsarmband zupfte und auf seine Fingernägel schaute, „dass der Mann im besten Fall ein sehr selbstsüchtiges Tier ist, das das Wohlbefinden und das Glück von Frauen grausam vernachlässigt. Verzeihen Sie meine Offenheit: Ihre charmante Begleiterin war mehrere Tage lang den Schrecken eines Aufenthalts ausgesetzt, der eigentlich nichts Besseres als ein offenes Boot war. Was ist natürlicher, als dass sie den Wunsch hatte, ihre Haare zu richten und einen Blick auf sich selbst im Spiegel zu werfen? Und dennoch" – hier lächelte er tiefgründig – „kam der Vorschlag, dass sie sich zurückziehen sollte, nicht von *Ihnen* ."

„Die Freundlichkeit, mit der Sie uns aufgenommen haben", antwortete ich, „hat mir die Gewissheit gegeben, dass Sie alles Notwendige tun würden."

„Ganz recht", antwortete er. „Und jetzt, Mr. Tregarthen, wird eine Auffrischung auch Ihnen wohltun. In Mr. Jones' Kabine finden Sie alles, was Sie brauchen."

Ich dankte ihm und betrat sofort die Koje. Ich wusste noch nicht recht, ob ich über den einzigartigen Charakter dieses Kapitäns mit dem langen Schnurrbart, dem freundlichen Lächeln und, wie ich mit Fug und Recht annehmen konnte, überrasche oder erstaunt sein sollte.

In der Koje gab es ein kleines Fenster, das auf das Achterdeck hinausging. Als ich hindurchspähte, erspähte ich Abraham und Jacob, die ihre Arme bis zum Ellbogen in den Hosentaschen vergraben hatten und mit verbissener Miene, in der typischen faulenzenden, faulenzenden Haltung, an der Seite des Dienstwagens oder der Kombüse lehnten. Die ganze Schiffsbesatzung schien sich um sie versammelt zu haben. Ich zählte neun Männer. Es lag ein rostiger Anflug in der Luft, der mir einen leidlichen Anblick all dieser Leute ermöglichte. Es war die erste Hundewache, bei der die Männer frei waren, auf den Decks herumzuhängen, zu rauchen und zu reden. Die farbigen Matrosen bildeten eine Gruppe, um in diesem trüben, hektischen Licht in Erinnerungen zu schwelgen – einer mit einem gelben Südwester, ein anderer mit einer Soldatenmütze auf dem Kopf, ein dritter mit einem Strohhut, dazu verschiedene vogelscheuchenartige Kostüme aus Latzhosen und groben Segeltuchpullovern – hier eine Jacke, die an einen Abendanzug erinnerte, dem man die Schöße geraubt hatte, dort ein Paar flatternde Röcke, eine rote Wolldecke, halbe Gummistiefel, alte Schuhe und ich weiß nicht, was noch sonst.

Der Mann, der mir als „Boss" bezeichnet worden war – um Captain Buntings Begriff zu verwenden –, sprach gerade die beiden Bootsmänner an, während ich hinsah. Er sprach mit leiser Stimme, und nicht das leiseste Knurren seiner Stimme drang zu mir durch. Ab und zu schlug er seine Hände und tat so, als ob sein Zorn ihn zu einem plötzlichen, heftigen Wutausbruch verleitet hätte, von dem er sich sozusagen schnell wieder erholte, indem er einen eifrigen Blick nach achtern auf das Achterdeck warf, wo, wie ich vermutete, der Maat stand und sie beobachtete, oder wo er jedenfalls sicher herumlief und Ausschau hielt. Während er die Bootsmänner ansprach, standen die anderen verbissen da und sahen zu, alle offensichtlich aufmerksam auf die Gesichter unserer Freunde aus Deal, deren Haltung von verächtlicher Unaufmerksamkeit geprägt war.

Inzwischen hatte ich mich jedoch mit einer Wäsche erfrischt und verließ die Kabine, nachdem ich mich kurz umgesehen hatte. Dabei fiel mir das aus schwarzem Papier ausgeschnittene und auf eine weiße Karte geklebte Porträt einer stämmigen Dame auf, außerdem ein Teleskop, ein Etui für den Sextanten und eine kleine Batterie von Pfeifen in einem Gestell über der Koje.

Helga kam mit ihrem Hut aus Seehundfell in der Hand. Ihr bernsteinfarbenes Haar – manchmal dachte ich, es hätte diesen Farbton, manchmal ein blasses Gold, dann ein sehr schönes, zartes Gelb – war ein wenig rau, als hätte der Wind sie frisch durchweht. Aber wäre sie eine Künstlerin gewesen, hätte sie in ihrer Art der Vernachlässigung nicht erlesenere Ausdrucksformen finden können. Seit unserer Rettung vom Floß war sie viel ermutigender und strahlender geworden, und obwohl ihr Gesicht noch viele Spuren ihres Kummers und Leidens zeigte, versprach sie doch, dass sie nur eine sehr kurze Zeit guter Behandlung durch das Leben brauchte, um zu einer so süßen, bescheidenen und sanften Jungfrau zu erblühen, wie es sich ein Männerherz nur wünschen kann.

Der Kapitän winkte uns zu unseren Plätzen und setzte sich ans Kopfende des Tisches, wobei er mit großer Gastfreundschaft seine Barthaare ausstreckte und seine Weste aufpustete. Das Schiff knarrte und stöhnte laut, als es stampfte und rollte, und der Tisch neigte sich so sehr, dass ohne die groben, abgenutzten Geigen alle Gegenstände darauf schnell auf das Deck gefallen wären. Die Lampe brannte hell und verdunkelte beinahe das rostige Tageslicht, das auf das Glas des kleinen Oberlichts direkt über unseren Köpfen fiel.

Punmeamootty bediente uns flink, obwohl ich sofort den Eindruck hatte, dass seine Bereitwilligkeit nicht wenig von Furcht und Abneigung getrieben war. Während der Kapitän lächelnd dasaß und den Schinken empfahl, den er gerade tranchierte – viel darüber nachdachte und davon sprach, dass das Schwein ein Tier sei, das dem Menschen insgesamt nützlicher sei als die Kuh –, ertappte ich den farbigen Steward dabei, wie er ihn beobachtete, als er ein Stückchen entfernt links vom Kapitän stand und seine dunkel glänzenden Augen in den Winkeln ihrer Höhlen hatte. Es erinnerte mich an den Blick, den der grimmig aussehende Kerl am Steuerrad dem Kapitän zuwarf. Es war, als ob der Kerl ihn mit seinem düsteren Blick verfluchte. Doch trotz seiner Hässlichkeit war nichts Abschreckendes in seinem Gesicht. Seine Haut hatte die Farbe eines Eigelbs und er hatte eine grobe, schwere Nase, was mich vermuten ließ, dass bei der Erschaffung des Mannes eine holländische Hand im Spiel war. Sein Haar war kohlschwarz, lang und glatt, nach chinesischem Muster. Es wäre schwer gewesen, sein Alter anhand einer solchen Maske von Gesicht zu erraten, wie er es trug; aber die paar Borsten auf seiner Oberlippe ließen auf Jugend schließen, und ich schätze, ich lag mit meiner Schätzung richtig, dass er etwa zweiundzwanzig Jahre alt war.

Der Kapitän sprach freimütig; manchmal ließ er seinen nasalen Akzent weg; aber seine Unterhaltung war von frommen Betrachtungen durchzogen, und ich bemerkte eine Neigung des Mannes, Moralpredigten zu halten, als ob aus dem vertrautesten Gespräch wenig hervorgehen könnte, aus dem nicht eine heilsame Moral herauszupressen wäre. Er schien sehr erfreut darüber zu sein, uns an Bord zu haben, vielleicht nicht so sehr, weil unsere Gesellschaft eine Pause war, sondern weil sie ihm Gelegenheit bot, zu philosophieren und seine Gefühle zu äußern. Man wird mich nicht für sehr dankbar halten, wenn ich so von einem Mann spreche, der uns aus einer schwierigen und bedrückenden Situation gerettet hat und der uns freundlich und, ich darf sagen, großzügig bewirtet hat; aber ich möchte Ihnen die Wahrheit sagen — so genau wie möglich beschreiben, was ich in diesem seltsamen Abschnitt meines Lebens gesehen und erlitten habe, und das Porträt, das ich von Kapitän Joppa Bunting zu zeichnen versuche, ist so, wie ihn meine Augen und auch mein Geist sahen.

Als ich ihn am Tisch sitzen sah, mit einem kalbsähnlichen Teint in diesem Licht, wie er freundlich mit seinen fetten Händen gestikulierte und sich mit einer nasalen Ernsthaftigkeit ausdrückte, die manchmal durch das Lächeln, das sie begleitete, witzig wirkte, fiel es mir schwer zu glauben, dass er ein Handelskapitän war, der Kapitän eines so gewöhnlichen alten Seewagens, wie ihn je ein Rundbug über das Meer gebracht hatte. Ich fragte ihn, wie lange er schon diesen Beruf ausübte, und er überraschte mich mit der Antwort, er sei jetzt vierundvierzig und im Alter von zwölf Jahren zur See in die Lehre gegangen.

„Sie werden in dieser Zeit sehr viel gesehen haben, Captain“, sagte ich.

„Ich glaube, es gibt kein Wunder Gottes auf der Oberfläche der Meere, das ich nicht gesehen habe“, antwortete er. „Es gibt keinen Teil der Welt, den ich nicht besucht habe. Ich bin mit einem Walfangschiff die antarktische Eiszone entlanggefahren und war siebzehn Wochen lang in einer Flaute, mit nur dreißig Meilen Fahrt in diesen siebzehn Wochen auf dem Breitengrad von einem Grad Nord.“

Dabei fiel mir auf, dass Helga ihn interessiert musterte, doch schien ich auch einen Ausdruck des Zurückweichens in ihrem Gesicht zu spüren, wenn ich so ausdrücken darf, was ich nicht besser zu erklären weiß.

„Sie haben sich wunderbar gehalten“, sagte ich.

„Ich habe auf mich selbst aufgepasst“, antwortete er lächelnd.

„Ist dies Ihr Schiff, Sir?“

„Ich habe großes Interesse an ihr“, antwortete er. „Ich bin sehr zufrieden damit, der See zu folgen. Das Gefühl, bewacht zu werden, ist tröstlich und oft belebend; aber ich wünschte", rief er mit einem feierlichen Kopfschütteln aus, „wenn die Verpflichtung, in diesem Leben Geld zu verdienen, geringer wäre, viel geringer als sie ist."

„Es ist das einzige Leben, in dem wir Geld brauchen", sagte Helga.

„Stimmt, Madam", sagte er und warf ihr einen scheinbar gleichgültigen, aber verwirrenden Blick zu. „Aber lassen Sie mich Ihnen sagen, dass der Zwang, Geld zu verdienen, die Seele beschmutzt. Es überrascht mich nicht, dass die frommsten der guten Männer der alten Zeit ihren Wohnsitz in Höhlen nahmen, sich mit Wurzeln zum Abendessen zufrieden gaben und in einem Schafspelz genauso glücklich waren wie ein Dandy in einem Kostüm von Poole. Ich fordere einen Mann heraus, Tugend zu praktizieren und dabei auch noch Geld zu verdienen. Punmeamootty, gießen Sie etwas Wein in das Glas der Dame!"

Helga lehnte ab. Der Malaye war gerade dabei, den Befehl auszuführen, blieb aber abrupt stehen, als sie Nein sagte, und nahm mit unmerklichen, mausartigen Bewegungen seinen vorherigen Posten wieder ein, von dem aus er wie zuvor den Kapitän beobachtete.

„Ja", sagte ich, „die Welt wäre angenehm, wenn wir ohne Geld auskommen könnten."

„Für mich persönlich", sagte er und ließ seinen Blick über den Tisch schweifen, „käme ich mit einer Brotkruste und einem Glas Wasser sehr gut aus; aber ich habe eine Tochter, Judith Ruby, und ich muss für sie arbeiten."

Dies zauberte einen kleinen Ausdruck des Mitgefühls auf Helgas Gesicht.

„Ist sie Ihre einzige Tochter, Captain Bunting?", fragte sie.

„Meine einzige Tochter", antwortete er mit für einen Moment sanfter werdender Stimme. „Ich wünschte, ich hätte sie hier!", sagte er. „Sie würden sie, Miss Nielsen, als gutes, freundliches, religiöses Mädchen vorfinden. Wenn ich nicht da bin, ist sie einsam in ihrem Haus. Ich bin Witwer. Meine liebe Frau ist vor sechs Jahren eingeschlafen."

Er seufzte, lächelte dabei aber auch.

Die Fenster des Oberlichts hatten sich in der Dunkelheit des Abends in glänzendes Ebenholz verwandelt und spiegelten das weiße Tischtuch, das funkelnde Glas und unsere Gestalten wie einen schwarzen, polierten Spiegel über unseren Köpfen. Ich hatte bemerkt, dass die Krängung der Barke stärker wurde, als sie nach Lee rollte, und obwohl ich kein Seemann war, hatten meine an die Geräusche der Küste gewöhnten Ohren das Summen des Windes draußen deutlicher wahrgenommen, das unruhigere Zischen, wenn die Wellen gegen die Biegung schlugen. Vom Deck über uns wurde ein

Befehl gegeben, und kurz darauf erklang ein eigenartiges Heulen, begleitet vom Rascheln und Flattern der Segeltuche.

„Mr. Jones nimmt das Großsegel ab“, sagte der Kapitän, „aber das Glas ist sehr stabil. Wir werden eine schöne Nacht haben“, fügte er hinzu und lächelte Helga an.

„Ist das ein seltsames Heulen, das von der Crew kommt?“, fragte sie.

„Das stimmt, Madam. Die Malayen kann man kaum als Nachtigallen bezeichnen. Sie ziehen an den Seilen und singen dabei. Das ist eine Gewohnheit unter Matrosen – aber das brauche ich Ihnen ja nicht zu sagen.“

„Ich glaube, es gibt sehr wenig über die Seemannschaft zu lernen, Captain Bunting“, sagte ich, „was selbst Sie mit Ihrer langjährigen Erfahrung Miss Nielsen beibringen könnten.“

Sie sah mich etwas wehmütig an, als wolle sie jegliche Erwähnung ihrer Person unterbinden.

„In der Tat!“, rief er aus. „Ich würde gern von Ihren nautischen Leistungen hören.“

„Es war meine Art, meinem Vater auf See zu helfen“, sagte sie und starrte auf den Tisch.

„Nun, was können Sie tun?“, sagte er und beobachtete sie. „Bitte, sagen Sie es mir. Seemannskenntnisse sind bei Ihrem Geschlecht so selten, dass ein Seemann sie bei einer Dame nie hoch genug einschätzen könnte.“

„Ich antworte für Miss Nielsen, Kapitän“, rief ich beiläufig und warf einen Blick auf den malaiischen Steward, dessen Blick ebenso wie der des Kapitäns auf Helga gerichtet war. „Sie kann ein Schiff wenden, sie kann steuern, sie kann ein Klüver losmachen und so flink wie der klügste Seemann in die Höhe segeln; sie kann Wache stehen und ein Schiff darin steuern, und sie kann das Schiff auskundschaften und Ihnen den Standort auf der Karte angeben – auf eine Meile genau, Helga, soll ich sagen?“

Er sah mich an, als ich das Wort „Helga“ aussprach. Ich weiß nicht, ob ich das Mädchen in seiner Gegenwart schon einmal so vertraulich genannt hatte.

„Das ist ein Witz, Mr. Tregarthen!“, sagte er.

Ein kleines, flehendes Lächeln umspielte Helgas Lippen.

„Nein, nein“, sagte ich, „ich mache keine Witze. Es ist alles wahr. Außerdem ist sie ein überaus heldenhaftes Mädchen. Wir verdanken unser Überleben ihrem Mut und ihrem Wissen. Helga, möge Gott dich segnen und uns eine sichere und schnelle Rückkehr in ein Heim gewähren, in dem wir, sofern das liebe Herz darin noch schlägt, ganz sicher einen herzlichen Empfang finden werden.“

„Aber Sie dürfen es nicht eilig haben, nach Hause zurückzukehren“, rief der Kapitän und wandte sein lächelndes Gesicht Helga zu. „Sie müssen mir Zeit geben, Sie zu überreden, an Bord *der Light of the World zu bleiben* . Ihre Qualifikationen als Seemann sollten Sie zu einem ausgezeichneten Maat machen. Und können Sie mir sagen, wie viel Sie im Monat brauchen, um in dieser Funktion zu dienen?“

Ich bemerkte denselben Ausdruck des Zurückweichens in ihrem Gesicht, den ich schon einmal gesehen hatte. Die Instinkte einer Frau, dachte ich, sind oft erstaunlich scharfsinnig, wenn es darum geht, die Gedanken von Männern zu interpretieren. Oder ist sie bloß nervös und empfindlich mit einer sanften, hübschen Bescheidenheit und Schüchternheit, die direkte Anspielungen auf sie nach diesem Muster beunruhigend erscheinen lässt? Ich für meinen Teil konnte in der Rede des Kapitäns nicht mehr finden als das, was die Franzosen als Neckerei bezeichnen, und nichts, was ihr Bedeutung verleihen könnte, abgesehen von der bloßen Bedeutung der Worte in seinem Blick oder seinem Benehmen.

Sie antwortete ihm nicht. Und um das Thema zu wechseln, zog ich meine Uhr heraus, da ich es auch leid war, an diesem Tisch zu sitzen (wir hatten das Essen schon vor einiger Zeit beendet, obwohl der Malaye weiterhin zusah, als warte er darauf, dass die Bestellung abgeräumt wird).

„Viertel vor sieben“, rief ich aus. „Heute Abend willst du sicher nicht zu spät kommen, Helga. Du brauchst einen guten, langen Schlaf. Morgen um diese Zeit haben wir vielleicht schon das Quartier gewechselt, aber wir werden uns immer dankbar an Captain Buntings Güte erinnern.“

„Da fällt mir ein“, sagte er, „dass Ihre Kabinen vorbereitet werden müssen. Punmeamootty, gehen Sie nach vorn und sagen Sie Nakier, er soll ein paar Leute nach achtern schicken, um zwei der Kojen unten freizumachen. Nein! Sagen Sie Nakier, ich brauche ihn, und kommen Sie dann nach achtern und räumen Sie den Tisch frei.“

Der Mann glitt sanft, aber schnell durch die Tür, die zum Achterdeck führte.

„Ich wünschte, ich könnte Sie dazu überreden, Miss Nielsen“, fuhr der Kapitän fort, „Mr. Jones‘ Kabine zu nehmen. Dort werden Sie sich viel wohler fühlen.“

„Ich wäre lieber in der Nähe von Mr. Tregarthen, danke“, antwortete sie.

„Sie sind ein glücklicher Mann, so begünstigt zu sein!“, rief er und lächelte mich an. „Aber Miss Nielsen wird alle Annehmlichkeiten, die meine Kabine bieten kann, zur Verfügung gestellt. Ach, wenn meine liebe Judith doch hier wäre! Sie würde meine bescheidenen Bemühungen als Samariterin durch viele weibliche Vorschläge verbessern. Unsere eigentliche Aufgabe in dieser Welt, Mr. Tregarthen, ist es, einander Gutes zu tun. Aber die Schwierigkeit", rief er mit einer Handbewegung aus, „besteht darin, *so viel* Gutes zu tun, wie möglich! Jetzt zum Beispiel bin ich ratlos. Wie soll ich Miss Nielsens Bedürfnisse befriedigen?"

„Sie sind ganz einfach, nicht wahr, Helga?", sagte ich.

„Das ist ganz einfach, Captain Bunting", antwortete sie, und dann sah sie ihn besorgt an und fügte hinzu: „Mein größter Wunsch ist es jetzt, nach England zu kommen. Ich war der Grund dafür, dass Mr. Tregarthen seiner Mutter weggenommen wurde, und ich werde nicht glücklich sein, bis sie wieder zusammen sind!"

„Die Barmherzigkeit bewahre mich", rief der Kapitän, „dass ich auch nur einen Augenblick lang Mr. Tregarthens heroisches Verhalten in Frage stelle! Aber", sagte er, die Stimme leicht senkend und sein lächelndes Gesicht sozusagen zu ihr herabneigend, „als Ihr tapferer Freund das Rettungsboot bestieg, wusste er, das darf ich annehmen, nicht, dass Sie an Bord waren?"

„Aber ich *war* an Bord", antwortete sie rasch. „Und er hat mir das Leben gerettet. Und ich möchte, dass er zu seiner Mutter zurückkehrt, die ihn vielleicht für ertrunken hält und um ihn trauert, als wäre er tot."

KAPITEL VII.

AN BORD VON „DAS LICHT DER WELT."

In diesem Moment betrat der Mann, den der Kapitän Nakier nannte, die kleine Kajüte, gefolgt vom Steward. Er machte eine eigenartige Geste, eine Art Salaam, neigte den Kopf und schlug mit beiden Händen an die Stirn, aber in der Schnelligkeit der Geste lag etwas Trotziges. Es war der Mann, den ich die beiden Bootsleute hatte ansprechen sehen. Er hatte große, feine, intelligente Augen, flüssig und leuchtend, trotz der asiatischen Dunkelheit der Pupille; seine Gesichtszüge waren regelmäßig und beinahe hübsch: eine Adlernase, dünn und gut gemeißelt an den Nasenlöchern, eine eckige Stirn, kleine Ohren, die mit dicken goldenen Ringen geschmückt waren, und Zähne, als wären sie aus Porzellan. Sein Gesichtsausdruck war mild und sogar einnehmend, sein Teint hellgelb. In der Hand trug er etwas, das offenbar die Jagdmütze eines Soldaten gewesen war, und trug eine alte Pilotenjacke, ein rotes Hemd und ein Paar Segeltuchhosen, die von einem Gürtel gehalten wurden, an dem eine Scheide befestigt war, in der sich ein Messer befand, das eng an seiner Hüfte lag. Mit einem schnellen Rollen seiner hübschen Augen musterte er mich und Helga und blickte dann mit leicht gerunzelter Stirn in aufmerksamer Haltung direkt in die Augen des Kapitäns.

„Ich möchte, dass sofort ein paar der Kojen unten freigeräumt werden", sagte der Kapitän. „Goh Syn Koh scheint einer der Klügsten unter euch zu sein. Schickt ihn. Und schickt auch Mow Lauree. Er kann doch hoffentlich ein Bett machen? Er macht sich gerade selbst ein Bett! Hilf mit und räum den Tisch ab, Punmeamootty, damit du helfen kannst. Du wirst die Arbeit beaufsichtigen, Nakier. Sorg dafür, dass alles sauber und bequem ist."

„Jaaa, Sir", sagte der Mann.

Er ging.

„Halt!", rief der Kapitän und lächelte die ganze Zeit, während er weiterredete. „Haben Sie heute zu Abend gegessen?"

„Nein, Sir."

„Was ist daraus geworden?"

„Über Bord, Sir", antwortete der Mann und behielt dabei sein leichtes Stirnrunzeln bei.

„Über Bord! So viel Schweinefleisch und Erbsensuppe wurde noch nie einer Schiffsbesatzung serviert. Über Bord! Zum dritten Mal! Wenn es noch einmal passiert –" Er bremste sich mit einem Blick auf Helga. „Wenn es noch einmal passiert", fuhr er mit besorgter Miene fort, „muss ich das Rindfleisch abstellen."

„Wir können kein Schweinefleisch essen, Herr – wir sind Muslime –", fuhr er fort.

Der Kapitän brachte ihn mit einer nichtssagenden Handbewegung zum Schweigen.

„Schicken Sie die Männer nach achtern, Nakier", sagte er mit leicht verstärktem nasalen Akzent in seiner Stimme, „und sorgen Sie dafür, dass gründlich gesäubert und ausgeräumt wird."

Er nickte ihm fest und bedeutungsvoll zu, und der Mann marschierte hinaus. Dabei warf er mir einen erwartungsvollen Blick zu, als wolle er mein Mitgefühl erregen, während er sich umdrehte.

Punmeamootty räumte den Tisch mit kaum verhohlener Aufregung in der Eile seiner Bewegungen ab: seine raschen Blicke wanderten vom Kapitän zu mir und dann zu Helga. Sie waren wie das Aufblitzen eines Stiletts, scharf wie das blaue Glitzern der Klinge, und sie wären auch genauso mörderisch, dachte ich, wenn der Mann seine Wünsche mit seinen Augen ausführen könnte. Ich glaubte, der Kapitän würde jetzt ein Zeichen geben, den Tisch zu verlassen, aber er blieb sitzen.

„Hast du den Mann gerade bemerkt?", fragte er Helga. Sie antwortete: „Ja." „Hübsch, findest du?", sagte er.

„Er hatte ein sanftes, angenehmes Gesicht", antwortete sie.

„Sein Name", sagte er, „ist Vanjoor Nakier. Er ist der Chef der einheimischen Mannschaft, und ich erlaube ihm, eine Art Bootsmann zu sein. Es ist schwer, ein so angenehmes Gesicht mit dem schrecklichen und furchtbaren Glauben in Einklang zu bringen, der ihn für immer und ewig zu einer verlorenen Seele machen muss, wenn er nicht rechtzeitig zur Reue, zum Gebet und zur Kasteiung überredet wird."

„Sie scheinen die Namen der Jungs sehr gut zu kennen", sagte ich. „Sind Sie mit der malaiischen Sprache vertraut?"

„Ah!", rief er und schüttelte den Kopf. „Ich wünschte, ich wäre es. Dann könnte ich mich als wahrer Missionar für diese armen, unwissenden Kerle erweisen. Doch hoffe ich, dass ich ihren beklagenswerten und entwürdigenden Aberglauben gründlich aufgebrochen habe, bevor ich sie in Kapstadt entlasse."

Ich erhaschte einen Blick auf die schattenhafte Gestalt des Stewards, der hinter der Niedergangstreppe lauerte und mit einigen Tellern und einem Korb beschäftigt zu sein schien.

„Sie hoffen", sagte ich, „die Muslime zu bekehren?"

„Das ist tatsächlich meine Hoffnung", antwortete er. „Und, bitte, welche ehrlichere Hoffnung sollte einen Menschen erfüllen?"

„Das ist ein bewundernswerter Wunsch", sagte ich, „aber vielleicht ein wenig gefährlich."

„Warum?", fragte er.

„Nun", sagte ich, „ich bin kein Reisender. Ich habe nichts von der Welt gesehen, aber ich habe gelesen und aus Reisebüchern immer gelernt, dass es keine Kategorie von Menschen gibt, die in ihrem Glauben bigotter und in ihrem Verhalten verräterischer sind als malaiische Seeleute."

„Psst!", rief Helga, legte den Finger auf die Lippen und blickte in Richtung des Stewards.

Der Kapitän drehte sich auf seinem Stuhl um.

„Bist du da, Punmeamootty?"

„Ja, Sir", und seine Gestalt glitt rasch ins Licht.

„Geh nach unten und hilf den anderen! Sie müssten inzwischen bei der Arbeit sein."

Der Mann ging auf das Achterdeck, wo dicht an der Kajütefront die kleine Luke lag, die zum Zwischendeck führte.

„Sie haben ganz recht", rief der Kapitän, lehnte sich zurück und breitete seine Weste aus. „Malaiische Seeleute sind zweifellos Verräter. Tatsächlich ist Verrat ein wesentlicher Bestandteil des malaiischen Charakters. Es sind die Menschen dieser Nation, die Amok laufen, wissen Sie."

„Was ist das?", fragte Helga.

„Da wird einer verrückt", antwortete der Captain lächelnd, „er zückt eine Waffe namens Creese und ersticht und tötet so viele Leute, wie ihm in die Quere kommen, während er durch die Straßen rennt."

„Mit diesen Menschen kann man gut auskommen", sagte Helga und sah mich an.

„Sie sind ein Volk", sagte der Kapitän und betonte seine Worte nasal, „das zur Erkenntnis des Lichts gebracht werden muss. Und je gefährlich die Anstrengung ist, desto stolzer sollte der Arbeiter auf seine Aufgabe sein."

Er sah Helga an, als suchte er ihre Zustimmung zu diesem Gefühl. Aber sie sah mich mit einem Ausdruck der Besorgnis in ihren blauen Augen an.

„Ich schließe", sagte ich, neugierig geworden durch den Gedanken an die Situation des Mädchens und mir an Bord dieser schlichten kleinen Barke mit ihrem sonderbaren Kapitän und der wilden, düsteren Mannschaft, „ich schließe aus dem, was geschehen ist, Kapitän Bunting, dass der Schlag, den Sie jetzt gegen den Aberglauben dieser Burschen – wie Sie ihn nennen – führen, sich auf ihre Ernährung bezieht?"

„Genau so", antwortete er. „Ich versuche, sie zum Schweinefleischessen zu zwingen. Wer weiß, ob ich nicht vor der Äquatorüberquerung eine wahre Vorliebe für Schweinefleisch bei ihnen geweckt habe? Das wäre eine großartige Arbeit, Sir. Es würde einen ihrer verachtenswertesten Aberglauben untergraben und mir einen kleinen Spalt für den Keil der Wahrheit verschaffen."

„Ich glaube", sagte ich, „dass Schweinefleisch bei diesen armen, dunklen, in heißen Breitengraden aufgewachsenen Geschöpfen weniger eine Frage der Religion als vielmehr eine Frage der Gesundheit ist."

„Schweinefleisch spielt in ihrem Glauben eine große Rolle", antwortete er.

„Bisher waren Sie nicht sehr erfolgreich, glaube ich?"

„Nein. Sie haben gehört, was Vanjoor Nakier gesagt hat. Die verschwenderischen Schurken haben zum dritten Mal ihr Taschengeld über Bord geworfen. Denken Sie nur, Miss Nielsen, Sie werfen vorsätzlich so viel herzhaftes, ausgezeichnetes Essen über die Reling – ehrliches gesalzenes Schweinefleisch und sehr gute Erbsensuppe –, dass eine arme Familie eine Woche lang zu Hause mit Essen versorgt wäre!"

„Was essen sie stattdessen?", fragte sie.

„An Schweinefleischtagen gibt es wohl Kekse. Sonst gibt es nichts."

„Geben Sie ihnen jeden zweiten Tag Rindfleisch?", sagte ich.

„Rindfleisch und Rinderfilet", antwortete er, „aber damit werde ich aufhören. Vielleicht hilft mir die Hungersnot, ihren Aberglauben in den Griff zu bekommen."

Es war nicht meine Aufgabe, da ich wie Helga die Gastfreundschaft dieses Mannes genossen und sein Schiff benutzte, ja sogar von ihm abhängig war, was meine baldige Heimkehr mit Helga anging – es war jedenfalls nicht meine Aufgabe, zu diesem frühen Zeitpunkt Vorwürfe gegen ihn zu machen, ihm zu sagen, dass seine Beweggründe, so erhaben er sie auch hielt, ihn zu einem sehr barbarischen, grausamen Verhalten drängten. Aber als ich dasaß und ihn ansah, war ich, trotz seiner Ansprüche auf meine Freundlichkeit, zutiefst angewidert. Und noch tiefere Gefühle regten sich in mir, wenn ich bedachte, dass, falls unser Unglück uns zwingen sollte, für längere Zeit an

Bord *der „Licht der Welt" zu bleiben* , seine Bekehrungstheorie sein Schiff zum Schauplatz einer der schlimmsten Tragödien machen könnte, wie sie sich jemals auf hoher See abgespielt haben.

Plötzlich blickte er auf eine kleine Uhr, die an einem Balken direkt über seinem Kopf tickte.

„Kennen Sie sich mit dem Meer aus, Mr. Tregarthen?", fragte er.

„Nur ein Bootsbekannter", antwortete ich.

„Können Sie eine Wache aushalten?"

„Ich könnte Ausschau halten", sagte ich, ein wenig bestürzt über diese Fragen, „aber ich habe überhaupt keine Ahnung von der Führung eines Schiffes."

Er sah nachdenklich erst Helga und dann mich an, strich sich dabei erst den einen, dann den anderen Schnurrbart über die Wangen, während seine vollen Lippen sich zu einem breiten Lächeln unter seiner langen Hakennase verzogen.

„Na gut", sagte er, „Abraham Wise wird es tun." Er ging zur Kajütentür und rief: „Vorwärts!"

„Jaas, Sir", ertönte aus der Dunkelheit des Vorschiffs ein tiefer, afrikananderartiger Ton.

„Bitten Sie Abraham Wise, nach hinten zu kommen."

Er nahm seinen Platz wieder ein, und nach ein paar Minuten kam Abraham. Helga stand sofort auf und gab ihm ihre Hand mit einem süßen, herzlichen Lächeln, das ihre Freude über seinen Anblick ausdrückte. Mir für meinen Teil tat es gut, ihn zu sehen. Nach dem talgigen Gesicht und dem seltsamen Gerede des Kapitäns und dem rosigen Teint und den finsteren Blicken seiner Malayen war das schlichte englische Gesicht und die englische Hafenarbeiterkleidung des Bootsmanns eine wahre Erfrischung für die Stimmung, dazu die Anspielungen des Mannes auf den Ärmelkanal und auf die Heimat.

„Und wie geht es Jacob?", sagte ich.

„Oh, ihm geht es etwas besser, Sir. Natürlich ziemlich niedergeschlagen, wie uns beiden. Das ist auch *jetzt noch nicht zu erkennen* ."

„Meinen Sie den Verlust Ihres Loggers?", fragte Kapitän Bunting.

„Jawohl, Sir, zum *Airly Marn* ", antwortete Abraham, stellte sich ihm gegenüber und blickte ihn mit einer Festigkeit an, die sein Schielen leicht verstärkte.

„Aber, mein guter Freund“, rief der Kapitän, „hatten Sie doch hoffentlich genügend Zeit, um dankbar dafür zu sein, dass Sie vor dem schrecklichen Schicksal bewahrt wurden, das Ihnen bevorstand, wenn die Vorsehung Ihnen erlaubt hätte, Ihre Reise fortzusetzen?“

„Oi, ich weiß nicht, was für ein schreckliches Schicksal es ist“, antwortete Abraham. „Ich kann nur sagen, ich wäre verdammt froh, wenn dieser *Airly Marn dort wieder flott wäre, sonst wäre es so, als wären wir diesem Licht der Welt* hier nie begegnet .“

„Es ist, wie ich Ihnen sagte, Sie sehen“, rief der Kapitän lächelnd aus und wandte sich in seiner höflichsten Art an Helga und mich: „Je weiter wir die soziale Leiter hinabsteigen, desto schwächer wird die Anerkennung von besonderen und göttlichen Gnaden, bis sie schließlich ganz verschwindet – möglicherweise, bevor sie die Bootsleute von Deal erreicht. Ich möchte mit Ihnen sprechen, Abraham Wise. Aber zuerst: Wie wurden Sie an Bord behandelt?“

„Oh, wirklich, alles gut, Sir“, antwortete er. „Der Maat hat uns gezeigt, wo wir anlegen müssen, wenn es soweit ist, und ich bezweifle, dass wir es schaffen werden, gut durchzukommen, bis wir von Ihnen weg sind.“

„Was hast du gegessen?“

„Der Kumpel hat uns ein bisschen Schweinefleisch zum Gallen gegeben, aber Sie haben einen schwarzen Koch dafür, und Jacob und ich fanden, dass er die Sauce von dem Fleisch dort sehr schlecht vertragen hat.“

Der Kapitän schien die Sache mit einer Handbewegung beiseite zu schieben und sagte:

„Mein Schiff hat keinen zweiten Maat; ich meine, keinen Mann, der qualifiziert ist, das Deck zu leiten, wenn Mr. Jones und ich unten sind. Nun, ich denke, Sie wären für diesen Posten sehr gut geeignet.“

„Ich würde lieber nach Hause gehen, Sir“, sagte Abraham.

„Ja“, sagte der Kapitän und musterte ihn selbstgefällig, „aber solange Sie bei mir sind, müssen Sie bereit sein, Ihren Teil zu tun. Ich finde Freude daran, einem leidenden Menschen zu helfen. Aber“, fügte er näselnd hinzu, „in dieser Welt müssen wir geben und nehmen. Sie essen mein Fleisch und schlafen in dem, was ich wohl mit Fug und Recht als mein Schlafzimmer bezeichnen kann. Welchen Lohn verlange ich dafür? Einfach die Nutzung Ihrer Augen und Gliedmaßen.“

Er blickte Helga mit einem sehr selbstzufriedenen Gesichtsausdruck an. Es schien tatsächlich, als ob er jetzt die meiste Zeit *mit* ihr sprach, wenn nicht direkt *mit* ihr. Sie war nach dem Abschied von Abraham zu mir an den Tisch gekommen, und ich gab ihr meinen Stuhl, und ich stand da und hörte zu, meine Hand auf der Rückenlehne.

„Ich bin durchaus bereit, zu gehen", sagte Abraham, „solange ich bei Ihnen bin, Sir. Ich habe keine Angst vor Arbeit. Ich brauche weder Essen noch Unterkunft für irgendjemanden."

„Ganz richtig", sagte der Kapitän. „Das sind respektable Gefühle. Wenn Sie mein Angebot annehmen, werde ich Sie natürlich bezahlen und Ihnen den Lohn geben, den Winstanley hatte – vier Pfund im Monat für die Hin- und Rückreise."

Abraham kratzte sich am Hinterkopf und sah mich an. Dieser Vorschlag ließ die Sache für ihn offensichtlich in einem anderen Licht erscheinen.

„Ich nehme an, Sie können ein Schiff führen?", fuhr der Kapitän fort.

„Ja, aber", antwortete Abraham mit einem verwunderten Grinsen auf die Frage. „Wenn ich noch nicht lange genug als Putzfrau arbeite, um diese Art von Arbeit zu kennen, dann nennt man mich einen Malayen."

„Ich würde von Ihnen keine Navigationskenntnisse verlangen", sagte der Kapitän.

Abraham antwortete mit einem Kopfnicken, kratzte sich dann erneut die Rückenhaare und sagte:

„Ich muss um Erlaubnis bitten, die Sache noch einmal durchzugehen. Ich möchte mit meinem Kumpel darüber sprechen."

„Wenn er will, werde ich ihn auch zum aktuellen Lohn auf die Posten setzen", sagte der Kapitän. „Aber denken Sie darüber nach. Sie können mir morgen Bescheid geben. Aber ich erwarte, dass Sie während der mittleren Wache das Kommando übernehmen."

„Das gebe ich gern zu, Sir", antwortete Abraham. „Aber was ist mit den Jungs aus Ceylon und den Malayen? Verstehen sie sich auf Seefahrt aus?"

„Völlig gut", antwortete der Kapitän, „sonst, wie sollten Mr. Jones und ich denn miteinander auskommen, glauben Sie?"

„Nun", rief Abraham aus, „ich hatte ihnen bisher nicht viel zu sagen. Ein Kerl hat heute Abend viel geredet, und ich gebe zu, dass er, wie die meisten Seeleute, eine Beschwerde hat. Es gibt da ein Problem: Ich gebe zu, dass es am Essen liegt, aber ein Mann braucht Übung, um genau zu verstehen, was diese bunten Kobolde zu sagen haben."

„Nun", rief der Kapitän und winkte das Thema mit einer weiteren freundlichen Handbewegung ab, „wir verstehen uns jedenfalls, mein Junge."

Er ging zu dem Schließfach, aus dem er die Kekse geholt hatte, holte eine Flasche Rum hervor und füllte ein Weinglas.

„Pur oder mit Wasser?", sagte er lächelnd.

„Für heute habe ich so ziemlich genug Wasser getrunken, Sir", antwortete Abraham, grinste ebenfalls und schien sich über diese Aufmerksamkeit sehr zu freuen. „Auf Sie, Sir, da bin ich sicher, und ich wünsche Ihnen eine erfolgreiche Reise. Mr. Tregarthen, Ihre Gesundheit, Sir, und Ihre, Miss, und mögen Sie beide bald nach Hause kommen und alles angenehm und in Ordnung vorfinden." Er leerte das Glas mit einem Schmatzen. „So ein hübscher kleiner Tropfen Rum, wie ich ihn schon so oft getrunken habe", sagte er.

„Sie können Jacob sagen, er solle sich gleich nach hinten legen", sagte der Kapitän, „wenn der Steward wieder frei ist. Dann wird er ihm noch eine solche Dosis verabreichen. Das genügt."

Abraham legte die Fingerknöchel auf seine Stirn und hielt inne, um mit heiserer Stimme zu mir zu flüstern, was für den Kapitän vollkommen hörbar gewesen sein musste: „Ein lautes Juwel, ganz klar."

„Ich gehe nach unten", sagte der Kapitän, als er gegangen war, „um nach Ihrer Unterkunft zu sehen. Wollen Sie hier sitzen", wandte er sich an Helga, „oder wollen Sie ein paar Runden an Deck gehen? Ich fürchte, Sie werden die Luft kühl finden."

„Ich werde mit dir an Deck gehen, Hugh", antwortete Helga.

Der Kapitän musterte sie eingehend.

„Sie haben kein Gepäck", sagte er, „und leider fehlt es Ihnen an fast allem. Aber wenn Sie mir gestatten –" Er brach ab und ging in seine Kabine, und bevor wir Zeit fanden, ein Flüstern auszutauschen, kam er mit einem sehr schönen, fast neuen Pelzmantel zurück.

„Nun, Miss Nielsen", sagte er, „erlauben Sie mir, Sie hierin einzuwickeln."

„In der Tat, meine Jacke wird mich warm halten", antwortete sie mit demselben schüchternen Gesichtsausdruck, den ich zuvor beschrieben habe.

„Nein, aber zieh ihn an, Helga", sagte ich, bestrebt, dem Mann zumindest halbwegs in seiner Freundlichkeit entgegenzukommen. „Es ist ein entzückender Mantel – genau das Richtige für den scharfen Wind, der an Deck weht!"

Hätte ich ihr angeboten, es ihr anzuziehen, hätte sie sofort zugestimmt, aber ich konnte sehen, wie sie vor dem Kleidungsstück zurückschreckte, das der Kapitän in den Händen hielt, und über dem sein blasses, fettes Gesicht zwischen seinen langen Barthaaren lächelte . Plötzlich jedoch drehte sie sich um und ließ sich von ihm den Mantel anziehen, was er mit großer Zurschaustellung von Angst und einem ausgiebigen Lächeln tat, und, wie ich nicht umhin konnte, zu bemerken, mit einer viel längeren Verzögerung der Handlung, als es den geringsten Anlass dafür gab.

„Das steht Ihnen wirklich wunderbar!“, rief er aus. „Und jetzt muss ich nur noch dafür sorgen, dass Ihre Kabine komfortabel ist.“

Er ging durch die Tür und wir stiegen die Nebentreppe hinauf.

Die Nacht war so dunkel, dass man vom Schiff nur sehr wenig sehen konnte. Die trüben Segelflächen bildeten nur einen blassen, pfeifenden Schatten, während sie in trüben Haufen durch die Dunkelheit trieben, sich schwenkend und beugend. Immer wieder schimmerte weißes Wasser in Luv und es war feucht wie von Gischt im Wind, aber die kleine Barke schaukelte mit trockenen Decks über den lebhaften Wellengang des Atlantiks und warf das Wasser von beiden Bugseiten in ein trübes, brodelndes Licht, vor dem, wenn sie den Kopf senkte, die Rundung des Vorschiffs wie ein Schattensegment bei einer partiellen Mondfinsternis erschien. Der Dunst der Kajütlampe lag um das Oberlicht, und die Gestalt des Maats erschien und verschwand mit monotoner Regelmäßigkeit daran vorbei, während er auf dem kurzen Achterdeck auf und ab ging. Auch um den Kompassstand war ein Dunst aus Licht, und die Umrisse des Mannes am Ruder stahlen sich irgendwie flüchtig hinein. Vorne lag das Schiff in Dunkelheit. Es wehte eine Brise, die die Seeleute als Bramwind bezeichnen, und die vielleicht sogar noch stärker war; doch die Robustheit dieses *Lichts der Welt* versprach große Steifheit, und obwohl der Wind während unserer Tischzeit etwas nachgelassen hatte, erhob sich die Barke so steif, als stünde sie unter gerefften Marssegeln.

„Willst du meinen Arm nehmen, Helga?“, sagte ich.

„Lassen Sie mich zuerst die Ärmel dieses Mantels hochkrempeln“, sagte sie.

Ich half ihr dabei; dann legte sie ihre Hand unter meinen Arm, und wir begannen, so zügig auf der Leeseite des Decks entlangzugehen, wie es das Schwingen der Planken zuließ. Kaum waren wir in Bewegung, als der Maat von der Luvseite zu uns herunterkam.

„Entschuldigen Sie“, sagte er. „Wollen Sie und die Dame nicht zu Fuß zum Wind’ard gehen?“

„Oh, wir werden Ihnen im Weg sein!“, antwortete ich. „Es ist ein kalter Wind.“

„Das ist es, Sir.“

„Aber es verspricht eine schöne Nacht", sagte ich.

„Das hoffe ich", rief er aus. „Schmutziges Wetter verträgt sich nicht mit schmutziger Haut."

Er drehte sich auf dem Absatz um und nahm seinen Posten auf der Luvseite des Decks wieder ein.

„Schmutzige Häute bedeuten im nautischen Wörterbuch dieses Ersten Offiziers Malayen", sagte ich.

„Hugh, wie dankbar werde ich sein, wenn wir auf ein anderes Schiff versetzt werden!"

„Ja, das stimmt! Aber das ist doch sicher besser als der Lugger?"

„Nein! Ich sitze lieber im Logger."

„Wie jetzt?", rief ich. „Wir werden hier sehr gut behandelt. Der Kapitän war wirklich sehr gastfreundlich. Kein warmherziger Gastgeber an Land könnte mehr für uns tun. Und jetzt ist er hier und überwacht die Einrichtung unserer Kabinen unten, um unseren Komfort zu gewährleisten!"

„Er gefällt mir überhaupt nicht ! ", sagte sie in einem Ton, der durch ihren leicht dänischen Akzent noch betont wurde.

„Mir gefällt nicht, wie er die Männer behandelt", sagte ich, „aber zu uns ist er nett."

„In seinem schlaffen Gesicht steckt ein krankhafter Geist!", rief sie aus.

Ich konnte mir ein Lachen über die starke Ausdrucksweise dieses kleinen Geschöpfs nicht verkneifen.

„Und dann seine Religion!", fuhr sie fort. „Spricht ein wahrhaft frommer Mensch so wie er? Ich kann verstehen, dass Berufsgläubige Fremde mit ihrem Glauben belästigen, aber ich habe Aufrichtigkeit in Meinungsfragen immer als bescheiden und zurückhaltend empfunden – ich meine unter den sogenannten Laien. Welches Recht hat dieser Mann, diesen armen Kerlen das Essen aufzuzwingen, das ihnen ihr Glaube verbietet?"

„Ja", sagte ich, „das ist eine abscheuliche Seite der Natur dieses Mannes, das muss ich zugeben; abscheulich gegenüber Ihnen und mir und den armen Malayen, meine ich. Aber es muss doch auch Aufrichtigkeit dabei sein, sonst warum sollte er sich die Mühe machen?"

„Vielleicht ist es Gemeinheit", sagte sie. „Er möchte sein Rindfleisch retten. Gemeinheit und diese Vorliebe für Tyrannen, die man unter den Kapitänen Ihres Volkes häufiger findet, Hugh, als unter den meinen."

„Ihre Nation!", sagte ich lachend. „Ich beanspruche Sie für Großbritannien aufgrund Ihrer englischen Sprache. Kein reiner Däne könnte Ihre Muttersprache so sprechen wie Sie. Trotz allem, was Sie sagen, halte ich den Mann für aufrichtig. Würde er, in seiner Lage – zwei Weiße gegen elf Gelbhäute (denn wir und die Bootsleute müssen uns nicht dazuzählen) – würde er, sage ich, es wagen, die Leidenschaften – die religiösen Leidenschaften – einer Gruppe von Menschen zu erregen, die aus der verräterischsten Volksgemeinschaft der Welt stammen, wenn er nicht von dem Traum geleitet würde, sie zu bekehren? – eine Vorstellung, die, wenn Sie sie an Land verpflanzen würden, als edel und von biblischer und märtyrerhafter Größe gelten würde."

„Das mag sein", antwortete sie. „Aber er geht trotzdem sehr übel an die Sache heran, und es wird nicht seine Schuld sein, wenn diese farbigen Matrosen nicht eine gefährliche Meuterei begehen, lange bevor er auch den Ängstlichsten und Zweiflerischsten unter ihnen davon überzeugt hat, dass Schweinefleisch gut zu essen ist."

„Ja", sagte ich ernst; denn sie sprach mit einer Art leidenschaftlicher Ernsthaftigkeit, die mich beeinflusst haben muss, selbst wenn ich nicht ihrer Meinung gewesen wäre. „Ich für meinen Teil würde sicherlich das Schlimmste befürchten, wenn er darauf beharrt – und ich zweifle nicht daran, dass er darauf beharren *wird* , wenn Abraham und der andere Bootsmann zustimmen, bei ihm zu bleiben; denn dann wird es vier vor elf stehen – in der Tat eine verzweifelte Chance, obwohl er als Engländer die Furchtbarkeit von allem Farbigen unterschätzen muss. Aber", sagte ich und warf einen Blick in die Dunkelheit über der Reling, „zweifle nicht daran, dass wir lange vor irgendwelchen Problemen umgeladen werden. Ich werde versuchen, mit Abraham zu sprechen, bevor er sich entscheidet. Was er und Jacob dann tun, werden sie mit offenen Augen tun."

Während ich diese Worte sprach, kam der Kapitän die Leiter herauf und näherte sich uns.

„Ha! Miss Nielsen", rief er, „war es nicht klug von Ihnen, diesen warmen Mantel anzuziehen? Unten ist alles bereit; aber lassen Sie mich trotzdem hoffen, dass Sie Ihre Meinung ändern und Mr. Jones' Koje einnehmen."

„Danke. Für die kurze Zeit, die wir auf diesem Schiff bleiben, ist die Kabine, die Sie freundlicherweise vorbereitet haben, alles, was ich brauche", antwortete sie.

Er spähte durch das Oberlicht, um die Uhrzeit zu sehen.

„Fünf Minuten vor acht", rief er aus. „Mr. Jones!" Der Mann überquerte das Deck. „Ich habe", sagte der Kapitän, „mit dem Deal-Bootsmann Abraham Wise vereinbart, dass er während der Mittelwache das Kommando über die

Barke übernimmt. Es ist ein Experiment, und ich werde während dieser Stunden auf und ab gehen müssen, um mich seiner zu versichern. Nicht, dass ich an seinen Fähigkeiten zweifele. Oh, nein! Vom bösartigen Abziehen von Kabeln, nur um sich in schmutzigen Unterschlupf zu begeben, bis hin zur edlen Kunst, ein Schiff in einem Hurrikan durch die Untiefen der Straße von Dover zu steuern, ist Ihr Deal-Bootsmann der erfahrenste aller Männer. Aber", fuhr er fort, "da ich, wie gesagt, während der Mittelwache auf und ab gehen muss, werde ich Sie bitten, bis Mitternacht das Kommando über das Deck zu behalten."

„Sehr gut, Sir", sagte der Maat, der mir seit unserer Ankunft an Bord im Dienst zu sein schien. „So bleibt der Wachrhythmus konstant, Sir. Die Backbordwache tritt ihren Dienst um acht Glockenschläge an."

„Ausgezeichnet!", rief der Kapitän. „Danke, Mr. Jones."

Der Maat schlich nach achtern.

„Mr. Tregarthen", fügte er hinzu, „mir ist aufgefallen, dass Sie einen Südwester tragen."

„Das ist die Kopfbedeckung, die ich trug, als ich mit dem Rettungsboot an Land ging", sagte ich, „und ich warte darauf, nach Hause zu kommen, um sie auszutauschen."

„Nicht nötig, nicht nötig!" rief er. „Ich habe unten ein ausgezeichnetes Breitwandtuch – zwar nicht ganz neu, aber ein sehr brauchbares, für den Einsatz auf dem Meer geeignetes Kleidungsstück – das Ihnen vollkommen zu Diensten steht."

„Sie sind die reine Güte!"

„Nein", rief er mit ergebener Stimme, „ich glaube, ich kenne meine Pflicht. Sollen wir hier verweilen, Miss Nielsen, oder möchten Sie lieber den Schutz der Hütte? Um halb neun wird Punmeamootty heißes Wasser, Kekse und ein wenig Schnaps auf den Tisch stellen. Ich fürchte, ich werde nicht in der Lage sein, Sie abzulenken."

„Das stimmt nicht!", rief Helga.

Die unbewusste Ironie dieser Antwort muss einen weniger selbstgefälligen Mann verunsichert haben.

„Ich habe ein paar erbauliche Bücher und ein Damebrett. Ich fürchte, meine Möglichkeiten, Sie zu unterhalten, sind auf diese Dinge beschränkt."

Der Wind war rauher, als wir es uns vorgestellt hatten, und jetzt, da der Kapitän zu uns gestoßen war, bot das Deck keine Versuchung mehr. Wir folgten ihm in die Kabine, wo Helga hastig den Mantel auszog, als fürchtete sie, der Kapitän würde ihr helfen. Seine erste Tat war, den Hellwachmantel hervorzuholen, von dem er gesprochen hatte. Das war für mich sehr praktisch; der Südwester lag heiß und schwer auf meinem Kopf, und das Gefühl seiner extremen Hässlichkeit trug nicht wenig zu dem Unbehagen bei, das er mir bereitete. Er sah auf meine Seestiefel und dann auf seine Füße, und mit schiefgelegtem Kopf rief er in seiner lächelndsten Art aus, er fürchte, seine Schuhe würden sich als zu groß für mich erweisen, aber ich könne gern ein Paar seiner Pantoffeln benutzen. Auch diese nahm ich dankbar an und zog mich in Mr. Jones' Koje zurück, um sie anzuziehen, und der Trost, so beschuht zu sein, nach Tagen mit dem Gewicht und der Unhandlichkeit meiner Seestiefel, ist unbeschreiblich.

„Ich glaube, wir werden es uns noch gemütlich machen können", sagte der Kapitän. „Bitte, setzen Sie sich, Miss Nielsen. Rauchen Sie, Mr. Tregarthen?"

„Das tue ich tatsächlich", antwortete ich, „wann immer ich die Gelegenheit dazu habe."

Er sah Helga an, die zu mir sagte: „Bitte, rauchen Sie hier, Hugh, wenn der Kapitän nichts dagegen hat. Mein Vater hatte selten eine Pfeife im Mund und ich war ständig mit ihm in seiner Kabine."

„Sie sind wirklich zuvorkommend", sagte der Kapitän. Er ging zu dem Schrank, in dem er Rum, Kekse und dergleichen aufbewahrte, holte eine Zigarrenkiste heraus und reichte mir eine Havannah, die so wohlschmeckend war wie keine andere, die ich je in meinem Leben geraucht hatte. All diese Freundlichkeit und Gastfreundschaft war in der Tat überwältigend, und ich dankte ihm sehr lebhaft, was er lächelnd anhörte und danach, wie es seine Gewohnheit war, mit einer Handbewegung beiseite winkte. Dann betrat er seine Kabine und kam mit einem halben Dutzend Büchern zurück, die er Helga vorlegte. Ich beugte mich über ihre Schulter, um sie mir anzusehen, und erkannte sofort „The Whole Duty of Man", „The Pilgrim's Progress", Youngs „Night Thoughts", einen Band von Jeremy Taylor; und der Rest war von dieser Art Literatur. Helga öffnete einen Band und schien zu lesen. Als ich mich umdrehte, um dem Kapitän eine Frage zu diesen Büchern zu stellen, sah ich, wie er ihr Profil aus den Augenwinkeln anstarrte, während er mit der rechten Hand nachdenklich seinen Bart strich.

„Das sind alles sehr gute Bücher", sagte ich, „insbesondere ‚Pilgrim's Progress'."

„Ja", antwortete er mit einem Seufzer. „Arbeiten dieser Art sind mein einziger Trost während meiner langen Einsamkeit auf hoher See, und ich bin einsam. Alle Schiffskapitäne sind mehr oder weniger allein, wenn sie ihrem Beruf nachgehen, aber ich bin besonders allein."

„Ich hätte gedacht, die Kirche würde Ihnen besser liegen als das Meer, Captain", sagte ich.

„Nicht die Kirche", antwortete er. „Ich bin ein Nonkonformist, und Dissens ist in eine lange Tradition eingeprägt. Bitte, leuchten Sie auf, Mr. Tregarthen."

Er nahm am Kopfende des Tisches Platz, hielt ein Streichholz an seine Zigarre, deren Anblick zwischen seinen dicken Lippen ihn meiner Meinung nach erheblich menschlicher machte, und faltete seine blassen, gichtkranken Hände auf dem Tisch, beugte sich nach vorne und musterte Helga verstohlen über die Spitze seiner Zigarre hinweg, die sich wie der Bugspriet eines Schiffes aus seinem Mund wölbte.

In seinen Gesprächen drehte es sich hauptsächlich um ihn selbst, seine bisherige Laufbahn, seine Vorfahren und so weiter. Er sprach wie jemand, der bei seinen Zuhörern gut ankommen möchte. Er sprach von einer gewissen Lady Duckett als einer Verwandten mütterlicherseits, und ich bemerkte, dass er bei der Aussprache des Namens innehielt. Er erzählte uns, dass seine Mutter aus einer sehr alten Familie stammte, die seit Jahrhunderten in Cumberland ansässig war, aber über seinen Vater war er zurückhaltend. Er sprach viel über die Einsamkeit seiner Tochter zu Hause und sagte, es tue ihm leid, dass sie keine Gefährtin habe – jemanden, der ihnen beiden gleichermaßen lieb wäre; und während er dies sagte, lehnte er sich in seinem Stuhl zurück, in einer sehr üppigen Weste, die Augen auf das Oberdeck gerichtet, und seine ganze Haltung ließ nachdenkliche Gedanken erahnen.

Nun, dachte ich, das ist wirklich ein sehr merkwürdiger Kapitän. Ich hatte in meinem Leben schon viele Kapitäne getroffen, aber keinen wie diesen Mann. Selbst ein kleines Schimpfwort hätte in seinem Mund eine erfrischende Wirkung gehabt. Von Zeit zu Zeit warf Helga ihm einen Blick zu, aber mit einem Ausdruck der Abneigung, der sich vor mir nicht verbergen ließ, wie sehr ihn seine Selbstgefälligkeit auch blind dafür machen mochte. Plötzlich rief sie mit fast erschreckender Belanglosigkeit aus:

„Sie werden uns einen großen Gefallen tun, Captain Bunting, wenn Sie Mr. Jones oder Abraham befehlen, nachts nach Schiffen Ausschau zu halten, die nach Norden segeln. Wir können nie wissen, welches vorbeifahrende Schiff nicht bereit wäre, Mr. Tregarthen und mich aufzunehmen."

„Was? In der Dunkelheit der Nacht?", rief er. „Wie sollen wir Signale geben? Wie soll ich Ihrer Meinung nach meinen Kommunikationswunsch mitteilen?"

„Durch blaues Licht oder durch ein brennendes Hafenfeuer", sagte Helga kurz.

„Ah, ich sehe, Sie sind ein durch und durch erfahrener Seemann – Sie lassen sich nichts beibringen", rief er und wedelte scherzhaft mit seinem Schnurrbart vor ihr. „Stellen Sie sich vor, eine junge Dame wäre mit dem Geheimnis der Nachtkommunikation auf See vertraut! Ich fürchte – ich fürchte, wir müssen auf das Tageslicht warten. Aber was", rief er salbungsvoll aus, „ist der Grund für diesen übergroßen Wunsch, nach Hause zurückzukehren?"

„Oh, Captain", sagte ich, „Zuhause ist Zuhause."

„Und Mr. Tregarthen möchte zu seiner Mutter zurückkehren", sagte Helga.

„Aber, meine liebe junge Dame, *Ihr* Zuhause ist doch nicht in England, oder?", fragte er.

Sie errötete, stockte und antwortete dann: „Mein Zuhause ist in Dänemark."

„Sie haben Ihren armen, lieben Vater verloren", sagte er, „und ich glaube, ich habe Sie richtig verstanden, Mr. Tregarthen, dass Miss Nielsens arme, liebe Mutter vor einigen Jahren eingeschlafen ist."

Das war eine Vermutung seinerseits. Ich konnte mich nicht erinnern, ihm irgendetwas dergleichen erzählt zu haben.

„Ich bin eine Waise", rief Helga mit einem Anflug von Tränen in den Augen, „und – und, Captain Bunting, Mr. Tregarthen und ich möchten nach Hause zurückkehren."

„Captain Bunting wird sich darum kümmern, Helga", sagte ich, da ich sie in dieser Hinsicht als etwas zu aufdringlich empfand.

Sie antwortete mir mit einem merkwürdig wehmütigen, besorgten Blick.

Das Gespräch wurde unterbrochen, als Punmeamootty hereinkam. Er kam mit einem Tablett und heißem Wasser, das er zusammen mit einigen Gläsern auf den Tisch stellte. Der Kapitän holte Wein und eine Flasche Rum hervor. Helga wollte nichts nehmen, obwohl niemand gastfreundlicher hätte sein können als Kapitän Bunting. Ich für meinen Teil war froh, mein Glas füllen zu können, sowohl wegen der Stärkung des Geistes als auch wegen des Wunsches, mit diesem seltsamen Kapitän ganz umgänglich zu erscheinen.

„Sie können weitergehen", rief er dem Malaien zu, und der Kerl glitt, wie es mir tatsächlich vorkam, auf Schlangenbeinen durch die Tür hinaus.

Das Thema unseres Verlassens der Barke wurde nicht weiter angesprochen. Der Kapitän erzählte uns gerade von seinen Erlebnissen mit den Deal-Bootsleuten und berichtete von einem Fall heroischer Gaunerei seitens der Mannschaft eines Galeerenkahns, als von irgendwo vorne ein dickes, kehliges, afrikanisch anmutendes Geheul zu hören war, begleitet von ein oder zwei Rufen des Maats über uns.

„Ich nehme an, Mr. Jones holt das Vormarssegel ein", sagte der Kapitän. „Kann das nötig sein? Ich bin gleich zurück." Und er verneigte sich krampfhaft vor Helga, zog sein Breitsegel an die Ohren und ging an Deck.

„Sieh mich an, Hugh", sagte Helga und richtete ihre naiven, süßen und bescheidenen Augen auf mich, „wenn ich mit Captain Bunting spreche, als ob ich Unrecht täte."

Ich antwortete freundlich: „Nein. Aber ist es nicht ein wenig unhöflich, Helga, immer wieder Ihre Sorge auszudrücken, wegzukommen, angesichts all dieser gastfreundlichen Behandlung und Ihres freundlichen Bemühens, es uns bequem und glücklich zu machen, während wir hier sind?"

Sie sah ein wenig verlegen aus. „Ich wünschte, er wäre nicht so nett", sagte sie.

„Was befürchten Sie?", sagte ich und neigte mich zu ihr, um ihr Gesicht besser sehen zu können.

„Ich fürchte, er wird sich nicht beeilen, uns umzuladen", antwortete sie.

„Aber warum sollte er uns behalten wollen?"

Sie blickte mich überrascht an, was durch ein kurzes Öffnen ihrer Lippen unterstrichen wurde, was jedoch kein Lächeln war. Sie antwortete jedoch nicht.

„Er wird uns nicht behalten wollen", fuhr ich fort und sprach mit dem Vertrauen eines jungen Mannes zu einem Mädchen, das er beschützt und dessen Verhalten ihm versichert, dass sie zu ihm aufblickt und sein Urteil schätzt. „Wir können für ein oder zwei Tage eine sehr gute Gesellschaft sein, aber der Kapitän eines Schiffes dieser Art ist ein Mann, der auf seine Sixpence zählt, und er hat nicht vor, uns länger zu ernähren, als er es sich leisten kann, darauf können Sie sich verlassen."

„Das hoffe ich", antwortete sie.

„Aber das glauben Sie nicht", sagte ich, beeindruckt von ihrem Verhalten.

Sie antwortete, indem sie von seinem Umgang mit der Mannschaft sprach, und als wir gerade bei diesem Thema waren, stieg er die Kajütenleiter hinab.

„Ein wenig auffrischender Wind", sagte er, „und ein leichter Regenschauer." Er brauchte uns das nicht zu sagen, denn seine langen Barthaare funkelten von Wassertropfen und wiesen Spuren eines kräftigen Regenschauers auf. „Das Schiff ist jetzt sehr eng, und es ist nichts zu sehen", sagte er und wandte sich mit einer Art halb humorvoller, vorwurfsvoller Bedeutung an Helga.

Sie lächelte, als ob sie glaubte, dass ich mich durch ihr Lächeln freuen würde. Der Kapitän bat sie, ein wenig Wein zu trinken und einen Keks zu essen, und sie willigte ein. Dies schien ihm zu gefallen, und sein Verhalten wurde sichtlich freundlicher, während er seine Zigarre wieder anzündete, sich eine weitere kleine Dosis mischte und sein Gespräch über Deal-Bootsleute und seine Erlebnisse in den Downs fortsetzte.

KAPITEL VIII.

EINE CREW VON MALAYSIEN.

So saßen wir da und plauderten bis kurz nach neun. Der Komfort dieser Kabine nach dem Lugger, das Wissen, dass Helga und ich beide vergleichsweise bequeme Betten zum Schlafen haben würden, die Überzeugung, dass unser Aufenthalt in der Barke nur von kurzer Dauer sein würde und wir in wenigen Stunden wieder nach Hause fahren könnten, gepaart mit einem Gefühl der Sicherheit, wie ich es in dem offenen Lugger nie hatte, ganz zu schweigen von meinem einen ziemlich großen Glas Rumpunsch, hatten mich in gute Laune versetzt.

„Ist das nicht besser als der Lugger?", sagte ich zu Helga, während ich mit meiner Zigarre durch die Kabine zeigte und auf die Pantoffeln an meinen Füßen deutete. „Denk an mein kleines windiges Bett unter dem Deck dieses Bootes, Helga, und erinnere dich an deine schwarze Vorpiek."

Sie schien zuzustimmen. Der Gesichtsausdruck des Kapitäns war ausdruckslos und zufrieden.

„Sie wollen mir sagen, dass Sie nicht gereist sind, Mr. Tregarthen?", sagte er.

„Habe ich nicht", antwortete ich.

„Aber Sie möchten die Welt sehen? Alle jungen Männer sollten die Welt sehen. Sagt uns der Dichter nicht, dass häuslich lebende Jugendliche immer einen häuslichen Verstand haben?" Und hier hielt er mir eine kurze Rede mit Gemeinplätzen über die Vorteile des Reisens; dann wandte er sich sehr lächelnd an Helga und sagte: „ *Sie* haben viel von der Welt gesehen?"

„Nicht sehr viel", antwortete sie.

'Südamerika?'

„Ich war einmal in Rio", antwortete sie. „Ich war auch in Port Royal auf Jamaika und habe meinen Vater auf kurzen Reisen zu ein oder zwei portugiesischen und mediterranen Häfen begleitet."

„Kommen Sie, selbst darin steckt eine umfassende Beobachtungsgabe", sagte er, „bei jemandem, der noch nicht lange alt ist! Waren Sie jemals in der Tafelbucht?"

Sie antwortete: „Nein."

Er rauchte nachdenklich.

„Helga", sagte ich, „du siehst müde aus. Möchtest du in deine Kabine gehen?"

„Das sollte ich, Hugh.“

„Nun, ich werde mich gern selbst zur Ruhe setzen, Captain. Verzeihen Sie uns unseren frühen Rückzug?“

„Aber bitte“, rief er. „Ich zeige Ihnen die Kabinen.“

Er ging zur Kajütentür und brüllte nach Punmeamootty. „Zünde eine Laterne an“, hörte ich ihn sagen, „und bring sie nach hinten!“

Nach ein oder zwei Minuten erschien der Steward mit einer schwingenden Laterne in der Hand. Der Kapitän nahm sie ihm ab und wir gingen auf das Achterdeck, wo die Luke lag. Nach der Wärme des gemütlichen Innenraums schien der Wind, der von der Feuchtigkeit des Sturms kalt gewesen war, mit einer Spur von Frost zu wehen. Die Strahlen der Laterne tanzten in der Schwärze der nassen Planken. Das Schiff rollte langsam und sackte schwer, und aus den unsichtbaren Segeltuchflächen, die durch die sternenlose Dunkelheit schwingen, waren viele schwere, klagende, angespannte Geräusche zu hören. Das kalte, trostlose Tosen des brodelnden Wassers neben uns erinnerte an das Floß, und in der ganzen Dämmerung dicht unter den beiden Schanzkleidern war eine Art Schluchzen zu hören.

„Lassen Sie mich Ihnen durch diese kleine Luke helfen, Miss Nielsen“, sagte der Kapitän und ließ die Laterne darüber baumeln, damit wir die Öffnung sehen konnten.

Falls sie ihm antwortete, hörte ich sie nicht; sie spähte einen Moment, setzte dann ihren Fuß hinüber und verschwand. Die Stufen waren senkrecht – Holzstücke, die an die Schottwand genagelt waren –, doch sie war diese steile Leiter in einem Augenblick hinabgestiegen und rief mir, als sie fast verschwand, von unten zu, dass sie in Sicherheit sei.

„Was für eine außergewöhnliche Behändigkeit bei einer jungen Dame!“, rief der Kapitän mit einer Stimme voller unverhohlener Bewunderung. „Was für ein vorzüglicher Seemann! Nun, Mr. Tregarthen!“

Ich schlurfte hinunter, hielt mich dabei fest am Rand der Luke fest und spürte meine Füße, bevor ich Gelegenheit hatte, meine Hände loszulassen. Im Licht der Laterne war von diesem Innenraum nur sehr wenig zu sehen. Soweit ich es erkennen konnte, war es der vordere Teil des Zwischendecks, mit zwei Reihen Schotten, die einen kleinen Korridor bildeten, an dessen Ende, achtern, ich schwach die schimmernden Umrisse von Kisten mit leichter Ladung erkennen konnte. Vor der Luke, durch die wir hinabgestiegen waren, befand sich eine solide Schottwand, sodass dort nichts zu sehen war. Die Türen der Kabinen öffneten sich aus dem kleinen Korridor; es waren bloße Brieftauben; aber diese Zwischendecks waren sehr niedrig, und während ich aufrecht stand, spürte ich, wie die Krone des Breitsegels, das ich trug, die Planken streifte.

Niemals hätte ich mir so viel Lärm auf einem Schiff vorstellen können wie hier – das Quietschen, das Knirschen, das Ächzen; das Schlagen und Stossen des Ruders auf seinem Pfosten; das Tosen der See draußen und das darauf folgende Pochen drinnen; das düstere, gedämpfte Brüllen der vorbeirauschenden Atlantikwogen; all diese Töne vermischten sich zu einem solchen Klangwirrwarr, das sich nicht in Worte fassen lässt. Die Laterne schwankte in der Hand des Kapitäns, und die Schatten zu unseren Füßen sprangen von einer Seite auf die andere. Auch waren überall Schatten, die wild auf den Wänden und Schotten des Schiffes spielten, mit einem Wischen und Mähen, das eine einsame und ungeübte Seele hier unten mit schrecklichen Vorstellungen von Seeungeheuern und Ozeangespenstern hätte erfüllen können.

„Ich wünschte von Herzen, Miss Nielsen", rief der Kapitän – und in der Tat musste er seine Stimme anstrengen, um in diesem verwirrenden Lärm hörbar zu sein – „Sie hätten mir erlaubt, Ihnen eine bessere Unterkunft als diese zu verschaffen. Jones hätte es hier unten sehr gut ausgehalten. Aber heute Nacht wird dies Ihre Kabine sein. Morgen werden Sie es sich hoffentlich anders überlegen und einwilligen, oben zu schlafen."

Mit diesen Worten öffnete er die vorderste der kleinen Türen an der Backbordseite. Es war zwar nur ein Loch, aber die runde Luke oder das dick verglaste Bullauge, das in einer Schieflage lag, die tief genug war, um bequem die Dicke der Schiffswand zu rechtfertigen, verlieh ihr irgendwie das zivilisierte Aussehen einer gewöhnlichen Schiffskoje. Unter diesem Bullauge befand sich eine schmale Koje, und darin ein Nackenkissen und, wie ich vermuten konnte, Decken, über die ein sehr schöner Teppich ausgebreitet war. Ich bemerkte rasch ein oder zwei Annehmlichkeiten – einen Spiegel, einen an der Schottwand befestigten Waschtisch (dieses Möbelstück stammte zweifellos direkt aus der Kapitänskajüte); es gab auch einen kleinen Tisch und darauf einen Kamm und eine Bürste, und auf dem Kajütendeck lag ein quadratischer Teppich.

„Sehr armselige Unterkünfte für Sie, Miss Nielsen", sagte der Kapitän und blickte sich um. Seine Nase und sein Schnurrbart erschienen im schwankenden Licht der Laterne doppelt so lang, und sein starres Lächeln wirkte unbeschreiblich merkwürdig, während die Schatten über sein Gesicht wirbelten.

„Die Kabine ist sehr komfortabel und Sie sind sehr freundlich!", rief Helga.

„Das ist nett von Ihnen. Ich wünsche Ihnen eine gute Nacht und angenehme Träume."

Er streckte seine Hand aus und hielt ihre, dachte ich, etwas länger, als es die bloße Höflichkeit verlangt hätte.

„Das wird Ihre Kabine sein, Mr. Tregarthen", sagte er und ging zur Tür.

Ich wünschte Helga gute Nacht. Bei diesem Licht war es schwer, ihre Blicke zu deuten, doch ich bildete mir ein, sie hätte etwas zu sagen, und legte mein Ohr an ihren Mund; aber statt zu sprechen, ließ sie ihre rechte Hand hastig in meinen Ärmel gleiten, keineswegs zärtlich, sondern als wolle sie ihre Finger reinigen oder abtrocknen. Ich sah sie an, und sie wandte sich ab.

„Gute Nacht, Helga!" sagte ich.

„Gute Nacht, Hugh!", antwortete sie.

„Ihre Tür ist mit einem Riegel versehen, Miss Nielsen", rief der Kapitän. „Oh, übrigens", fügte er hinzu, „ich meine nicht, dass Sie sich im Dunkeln ausziehen sollen. Über Ihrer Tür ist eine Öffnung; ich werde die Laterne hier mittschiffs aufhängen. Sie wird genug Licht spenden, um hindurchzusehen, und in einer halben Stunde, wenn das nicht zu früh ist, wird Punmeamootty sie entfernen. Gute Nacht, Mr. Tregarthen!"

Er verließ mich, nachdem er die Laterne an einem Haken aufgehängt hatte, der mittschiffs im Korridor befestigt war. Ich wartete, bis seine Gestalt die Stufen der Luke hinauf verschwunden war, und rief dann nach Helga. Sie hörte mich sofort und rief: „Was ist los, Hugh?"

„Wolltest du mir gerade nicht etwas sagen?", rief ich aus.

Sie öffnete die Tür und wiederholte: „Was ist los, Hugh? Ich kann dich nicht hören!"

„Ich dachte, Sie wollten gerade jetzt mit mir sprechen", sagte ich, „aber die Anwesenheit des Kapitäns hinderte Sie daran."

„Nein, ich habe nichts zu sagen", antwortete sie und sah im wilden Schatten der schwingenden Laterne sehr blass aus.

„Warum hast du meinen Arm hinuntergestrichen? War das ein Tadel? Habe ich dich beleidigt?"

„Oh, Hugh!", rief sie. Dann rief sie aus: „Konnten Sie nicht verstehen, was ich meinte? Ich habe Dinge getan, die ich nicht aussprechen konnte."

„Ich verstehe nicht", sagte ich.

„Ich wollte diesem Mann die Hand abschütteln", rief sie aus.

„Armer Kerl! Ist er wirklich so schmutzig, Helga? Und trotzdem ist er so rücksichtsvoll! Ich glaube, er hat seine eigene Kabine für dich halb leergeräumt."

„Also, dann noch einmal gute Nacht", sagte sie und schloss die Tür ihrer Koje hinter sich.

Ich betrat meine Kabine und war wie ein Narr verwundert. Ich konnte in ihren Gedanken gegenüber diesem Kapitän Bunting nichts als grundlose Abneigung erkennen und war über ihr Verhalten verärgert; denn zunächst dachte ich, dass, wie auf dem Logger, auch hier einige Tage, ja sogar Wochen vergehen könnten, ohne dass wir die Chance bekämen, an Bord eines heimwärts fahrenden Schiffes gebracht zu werden. Ich sage nicht, dass ich das glaubte; aber es war wahrscheinlich und daher mit einem gewissen Risiko verbunden. Dann dachte ich darüber nach, dass es in der Macht von Kapitän Bunting lag, unseren Aufenthalt auf seinem Schiff entweder so angenehm zu gestalten, wie er es vermochte, oder durch Nachlässigkeit, Unverschämtheit, schlechte Laune und dergleichen völlig unbequem und elend zu machen. Ich hielt Helgas Verhalten daher für unklug, und da ich nicht den Verstand hatte, es zu durchschauen und einen Grund dafür zu finden, ließ ich mich davon als eine alberne, mädchenhafte Laune ärgern.

Das ging mir durch den Kopf, als ich meine Kabine betrat. Es war hell genug, um mich im Inneren zurechtzufinden, und ein Blick in die Runde überzeugte mich davon, dass ich nicht so schlecht behandelt werden würde wie Helga. In der Koje lagen ein paar Decken, und auf dem Deck rutschte ein altes Zinnbecken mit den Bewegungen des Schiffes hin und her. Ich beendete dies, indem ich die Sorge in die nächste Kabine warf, die, soweit ich es beurteilen konnte, zur Hälfte mit Segeltuchballen und Kleinkram gefüllt war, der einen sehr starken Teergeruch ausströmte. Ich war jedoch schläfriger, als ich es empfand, während ich meine Beine benutzte, denn kaum hatte ich mich in der Koje der Länge nach ausgestreckt und die in meine Affenjacke gerollten Pantoffeln des Kapitäns als Kissen benutzt, schlief ich ein, obwohl ich fünf Minuten zuvor geglaubt hätte, dass Opium angesichts des komplizierten Lärms, der diesen Innenraum erfüllte, nichts Schlummerndes hervorrief.

Ich schlief die ganze Nacht tief und fest und erwachte erst um halb acht. Ich sah Punmeamootty in der Tür stehen und glaube, ich wäre nicht aufgewacht, wenn er nicht da gewesen wäre und mich angestarrt hätte. Ich lag eine Minute da, bevor ich meine Gedanken ordnen konnte; und ich erinnere mich, dass ich mir dumm und schläfrig vorstellte, Kapitän Bunting hätte mich auf einer Insel an Land gesetzt, in einer Höhle Zuflucht gesucht und der Besitzer dieser Höhle, ein gelber wilder Mann, hätte hineingeschaut und überlegt, wie er mich am besten töten könnte, als er mich dort fand.

„Hallo?", sagte ich. „Was ist los?"

„Wollen Sie Wasser, Sir?", sagte der Mann.

„Ja", sagte ich, jetzt wieder bei klarem Verstand. „Das Becken, das zu dieser Koje gehört, finden Sie gleich nebenan. Ein wenig kaltes Wasser, wenn Sie möchten, und, wenn Sie es irgendwie schaffen, Punmeamootty, ein kleines Stück Seife und ein Handtuch."

Er zog sich zurück und kam nach wenigen Minuten mit den Artikeln zurück, die ich brauchte.

„Wie ist das Wetter?", sagte ich und warf einen Blick auf das verschraubte Bullauge, dessen Glas so schmutzverkrustet war wie die Luke eines Walfängers, der seit drei Jahren auf Fischfang ist.

„Sehr anständige Hochzeit, Sir", antwortete er.

„Captain Bunting auf?"

„Nein, Sir."

„Sie werden froh sein, nach Kapstadt zu kommen, das glaube ich", sagte ich und rieb mir das Gesicht. Ich war bereit zu reden, da ich bemerkte, dass der Kerl gerne herumtrödelte. „Stammen Sie aus dieser Siedlung, Punmeamootty?"

„Nein, Sir, ich sehne mich nach Ceylon", antwortete er.

„Wie viele Singhalesen sind an Bord?"

„Baum", antwortete er.

„Gehört der Rest zum Kap?"

Er schüttelte den Kopf und antwortete: „Nein, ein Mann aus Burma, ein anderer aus Penang, ein anderer aus Singapur – alle so."

„Aber Ihre Arbeit auf diesem Schiff endet in Kapstadt?"

„Ja, Sir", antwortete er schnell und grimmig.

„Seid ihr alle Mohammedaner?"

„Ja, alle Muslime."

Ich verstand, dass er mit „*allee*" alles meinte. Er heftete seine dunklen Augen auf mich, mit einem Ausdruck der Erwartung, dass ich das Thema weiterverfolgen würde. Als er sah, dass ich schwieg, sah er sich um und sagte dann in einer Art Englisch, das nicht „pigeon" war und das ich nur schwach wiedergeben kann, obwohl das Bemerkenswerteste daran sicherlich die Farbe war, die es durch seine Betonung annahm, und dieses Glitzern in seinen Augen, das sie mir in der Dämmerung des Vorabends sichtbar gemacht hatte: „Sie sind ruiniert worden, Sir?" Ich nickte. „Aber Sie sabbee nabigation?"

Ich konnte mir ein Lachen nicht verkneifen. „Ich verstehe nichts von der Schifffahrt", sagte ich, „aber ich bin nicht deshalb Schiffbruch erlitten, weil ich keine Ahnung davon hatte, Punmeamootty."

„Aber die schöne junge Dame, hat sie eine Beziehung?", sagte er mit einem entschuldigenden, versöhnlichen Grinsen, das viele seiner strahlend weißen Zähne entblößte.

„Woher wissen Sie das?", sagte ich, von der Frage überrascht.

„Ich höre, was Sie dem Kapitän erzählen, Sir."

„Ja", sagte ich, „ich glaube, sie kann ein Schiff steuern." Er warf seine Hände in die Luft und verdrehte seine Augen, in einer, wie ich fand, lächerlichen Nachahmung des Verhaltens seines Kapitäns, wenn dieser seine Bewunderung ausdrücken wollte. „Sie ist eine wunderschöne junge Dame", rief er aus, „und sehr nett – freundliches Lächeln und sehr leid für die armen Muselmänner, Sir."

„Ich weiß, was Sie meinen, Punmeamootty", sagte ich. „Es tut uns beiden sehr leid, glauben Sie mir! Der Kapitän meint es gut" – die Zähne des Mannes schnappten plötzlich zusammen, als ich das sagte – „der Mann meint es gut", wiederholte ich und musterte ihn fest, „aber es ist eine missverstandene Freundlichkeit. Die Dame und ich werden versuchen, ihn zu beeinflussen; gleichzeitig hoffen wir jedoch, dass wir das Schiff sehr bald verlassen werden, möglicherweise zu bald, um von Nutzen zu sein. Irgendwas in Sicht?"

„Nein, Sir!"

Er zögerte noch, als hätte er noch mehr zu sagen. Als er feststellte, dass ich schwieg, verneigte er sich seltsam und verschwand.

Helgas Kabinentür war geschlossen. Ich lauschte, konnte aber bei den knarrenden Geräuschen nicht erkennen, dass sie sich drinnen regte. Wahrscheinlich hatte sie eine unruhige Nacht hinter sich und schlief jetzt. In diesem Glauben erreichte ich die Luke und stieg an Deck.

Die erste Person, die ich sah, war Helga. Sie unterhielt sich mit den beiden Bootsmännern am Fuß der kleinen Achterkajüte, im Windschatten der fast mannshohen Schanzkleider. Die Decks waren noch dunkel vom Aufwischen der Salzlake, mit der sie geschrubbt worden waren. Der Schornstein der Kombüse rauchte gastfreundlich. Eine Gruppe farbiger Seeleute lag mit dampfenden Pfannen und Keksen in den Händen im Windschatten der Kombüse und redete unaufhörlich, während sie aßen und tranken. Der Kerl namens Nakier stand mit verschränkten Armen auf dem Vorschiff und starrte, wie es mir schien, beharrlich nach achtern auf Helga und die Bootsmänner. Die Sonne stand etwa eine halbe Stunde über dem Horizont; der Himmel war sehr zart von einem frostigen Wolkennetz beschattet, voller erlesener und zarter Farbtöne, als wäre die Sonne ein Prisma, das den Himmel mit vielfarbigem Glanz überflutet. Über der Lee-Reling strömte das Meer in einem schönen, satten Blau mit Schaumkronen, und es wehte eine mäßige Brise, die die vollständig beplankten Masten der Bark mit nach vorn gespannten Rahen vorn stützte, denn der Wind kam, soweit ich das an der Sonne erkennen konnte, aus Südost.

All diese Einzelheiten nahm mein Auge wahr, als ich aus der Luke trat. Helga kam mir entgegen und ich hielt ihre Hand.

„Sie sehen heute Morgen sehr hübsch aus", sagte ich. „Der Schlaf hat Ihnen gut getan. Guten Morgen, Abraham. Und wie geht es Ihnen, Jacob? Sie beide sind die Männer, die ich jetzt sehen möchte."

„Marning, Mr. Tregarthen", rief Abraham aus. „Wie geht es *Ihnen*, Sir? Sieht Miss Nielsen nicht erstklassig aus? Sie ist ja nicht mehr dieselbe Dame wie damals, als wir Sie kennenlernten."

„Das stimmt, Helga", sagte ich. „Hat Kapitän Bunting zusammen mit seinem Waschtisch auch Kosmetika in Ihre Kabine geschmuggelt?"

„Oh, mach keine Witze, Hugh", sagte sie. „Schau dich im Ozean um: er ist immer noch kahl."

„Ich habe Miss Nielsen erzählt", rief Abraham aus, „dass die farbigen Jungs da draußen über sie reden, als wäre sie eine Gottheit."

„Ein Engel", sagte Jacob.

„Eine Göttlichkeit", sagte Abraham und sah seinen Kumpel an. „Der Kerl, den sie Boss nennen – der Nakier dort drüben, der uns ansieht, als würde ihm das Herz platzen – was, glauben Sie, sagt er – ja, und noch dazu in erstklassigem Englisch? ‚Das Mädchen da', sagte er, ‚ist keine Engländerin. Das freut mich zu wissen. Sie hat ein zu süßes Gesicht für eine Engländerin.' „Was wissen Sie über Gesichter?", sagte ich. „Englisch schlecht, schlecht", sagte er; „einige gut", und hier hält er seinen Daumen hoch, als würde er zählen; „aber viele sehr schlecht, sehr schlecht", sagte er, sagte er, und hier hält er seine blauen Finger hoch, wie ein kleiner Spross überreifer Kochbananen, und meint damit Blumen für einen, das gebe ich zu."

„Das ist Schweinefleisch, das ihnen im Magen liegt", sagte Jacob.

„Abraham", sagte ich leise, denn ich wollte nicht, dass der Maat mich belauschte, der auf seinem Weg von der Heckreling zum Decksrand über mir immer wieder auf und ab ging, „bevor Sie Kapitän Buntings Angebot annehmen –"

„Ich *habe* es akzeptiert, Mr. Tregarthen", unterbrach er.

'Wann?'

„Letzte Nacht, oder nennen wir es heute Morgen. Er war auf und ab, während ich Ausschau hielt, und dann fragte er mich: „Sind Sie einverstanden, Vise?", und ich sagte: „Ja, Sir", nachdem ich die Sache mit Jacob besprochen hatte."

„Ich hoffe, Sie beide haben das Angebot gut durchdacht", sagte ich und warf einen Blick in die Kapitänskajüte, von der wir allerdings zu weit entfernt standen, um ihn darin hören zu können. „Ich habe gesehen, wie Nakier gestern Nachmittag Sie angeredet hat, und obwohl Sie mir sagten, dass Sie ihn nicht ganz verstanden haben, haben Sie inzwischen doch sicher genug gesehen, um zu ahnen, dass sein Schiff kein schwimmender Garten Eden mehr sein wird, wenn der Kapitän darauf besteht, diesen Männern Schweinefleisch in den Hals zu zwingen!"

„Na, das mag ja ganz richtig sein", antwortete Abraham, „aber die Beschwerden dieser farbigen Kerle haben nichts mit Jacob und mir zu tun. Ich habe mir Folgendes überlegt: Hier werden mir vier Pfund im Monat angeboten, und da ist Jacob, der die Artikel für drei Pfund kaufen soll; das macht sieben Pfund für uns beide. Ist das Geld nicht gut genug für Leute wie uns, Mr. Tregarthen? Wo ist der *Airly Marn*? Wo sind meine fünfzehn Pfund an Vermögen? Wo ist Jacobs großes Pfund – ja, jeder Farden seines großen Pfunds?", rief er aus und sah Jacob an, der seine Zusicherung mit einem gewaltigen Nicken bestätigte. „Und was diese lederfarbenen Schweine betrifft –" fuhr er mit einem verächtlichen Blick nach vorn fort; dann hielt er inne und rief: „Soides, warum *sollten* sie kein Schweinefleisch essen?" Wenn es für mich und Jacob gut genug ist, ist es dann nicht auch gut genug für so ein armes kleines Stück kränklichen Fleisches wie diesen Nakier dort und seine Kumpels?'

„Bei ihnen ist es eine Frage der Religion", sagte ich.

„Religion!", brummelte Jacob. „Religion, Mr. Tregarthen, liegt nicht hier, Sir", und er legte die Hand auf seine Weste, „sondern hier", und zeigte mit einem teerig aussehenden Finger dorthin, wo er sein Herz vermutete. „In Geschirr steckt keine Religion. Ich habe von Kerlen gehört, die in Bottichen predigen, aber ich habe noch nie von Religion gehört, die eingelegt in einem Fass liegt. Lassen Sie sich von diesen Kerlen nicht verarschen, Sir. Es ist kein Schweinefleisch: Es ist eine Entschlossenheit, Fehler zu finden."

„Aber haben sie Ihnen nicht genug gesagt, um Sie davon zu überzeugen, dass sie es ernst meinen?", sagte Helga.

„Nun, Sie sehen, Lady", antwortete Abraham, „ihre Sprache ist eine Art Konversation, die kein Mann am Strand von Deal jemals gelernt hat, wie auch immer das an Ihrem Teil der Küste sein mag, Mr. Tregarthen. Was sie untereinander sagen, verstehe ich nicht."

„Aber haben sie sich nicht bei Ihnen darüber beschwert", beharrte Helga sanft, „dass sie vom Kapitän gezwungen wurden, entweder jeden zweiten Tag auf Essen zu verzichten oder Fleisch zu essen, das ihnen aufgrund ihrer Religion verboten ist?"

„Dieser Nakier da", antwortete Abraham, „hat Jacob und mir gestern eine lange Geschichte erzählt, als wir auf der Galeere lagen und uns ganz normal fühlten – ganz normal sogar – nach der schlimmen Geschichte mit der *Airly Marn* . Aber er hat so schnell und so leise geredet, dass ich Ihnen von seiner Geschichte nur sagen kann, Miss, dass er und seine Kameraden sich nicht so wohl fühlen, wie sie könnten."

Da Mr. Jones an der Reling über uns stehen geblieben war, sagte ich ruhig: „Also, Abraham, ich rate Ihnen beiden, sich noch ein wenig umzusehen, bevor Sie zulassen, dass Ihre Namen auf die Artikel dieses Schiffes gedruckt werden."

In diesem Moment kam der Kapitän aus der Tür der Kajüte, und die beiden Bootsmänner rollten mit einer Handbewegung in Richtung Helga vorwärts. Er kam auf uns zu, ganz Lächeln und Höflichkeit. Es war leicht zu erkennen, dass er sich beim Anziehen Mühe gegeben hatte; sein Backenbart war sorgfältig gebürstet; er trug einen neuen Schal aus purpurnem Satin; seine weite schwarze Weste ließ darauf schließen, dass sie zu seinem Sonntagsanzug gehörte, oder zu seinen „besten Sachen", wie die Diener es nennen; seine Stiefel waren gut poliert; er zeigte eine Fülle weißer Manschetten, und sein Hellwach saß etwas keck auf seinem Kopf. Seine zwei oder drei Kinns rollten und verschwanden wie eine Dünung zwischen dem Öffnen eines Paars hoher gestärkter Kragen – eine ungewöhnliche Verzierung, hätte ich mir auf See vorgestellt, wo Stärke so selten ist wie Zeitungen. Er hoffte, Helga habe gut geschlafen; er vertraute darauf, dass die Geräusche des Pressens und Knarrens unten sie nicht gestört hatten. Sie müsse es sich wirklich anders überlegen und Mr. Jones' Kabine beziehen. Nachdem er mir die Hand geschüttelt hatte, schien er zu vergessen, dass ich in der Nähe war, so sehr war er mit seiner Aufmerksamkeit für Helga beschäftigt. Er bat sie, auf das Achterdeck oder Oberdeck zu steigen.

„Diese Planken sind noch nicht trocken", sagte er, „und außerdem", fuhr er immer lächelnd fort, „ist Ihr richtiger Platz, meine liebe junge Dame, achtern, wo Sie auf jeden Fall Abgeschiedenheit finden, obwohl ich Ihnen leider nicht die Eleganz und den Luxus eines Ozeanpostdampfers bieten kann."

Wir stiegen die Leiter hinauf, und er blieb stehen, um den Blick über das Meer zu genießen.

„Was für eine gewaltige Verschwendung, nicht wahr, Miss Nielsen? Nirgendwo ist nichts zu sehen. Alles hoffnungslos steril. Aber es steht mir nicht zu, mich zu beschweren", fügte er bedeutungsvoll hinzu.

Dann rief er Mr. Jones und fragte ihn ganz höflich und mit dem Gentleman-Gehabe, das man mit dem Schalter verbindet, wie das Wetter seit Glockenschlag acht gewesen sei, ob irgendwelche Schiffe gesichtet worden seien usw., wobei er deutlich darauf hinwies, dass Helga in der Nähe sei und ihm zuhöre.

Mr. Jones, dessen violette Pickelnase in Form eines Frauenfingerhuts aus der Mitte seines blassen Gesichts hervorstach, und dessen kleines, aber außergewöhnliches hellblaues Auge zu beiden Seiten unter strohfarbenen Wimpern und Werg ähnelnden Augenbrauen funkelte, hörte dem Kapitän zu und sprach ihn mit dem größten Respekt an. Seine Kleidung hatte einen Anflug von Schäbigkeit und Strapazen an sich, der ihn als einen Mann auswies, dessen Spind wahrscheinlich nicht mit Schrotkugeln überfüllt war. Sein Gang war etwas schlurfend, was durch das lose Paar alter Pantoffeln, die er trug, und die ausgefransten Absätze seiner Kniehose noch verstärkt wurde. Er war wahrscheinlich dreißig Jahre alt. Er machte auf mich den Eindruck eines Mannes, dessen Aussehen bei Reedern und Schiffskapitänen gegen ihn sprechen würde, der daher nur schwer eine Koje bekommen würde, der sich aber, wenn er erst einmal im Besitz war, mit aller möglichen Anstrengung des Schmeichelns, des Einverständnisses und der unterwürfigen Übernahme von mehr Arbeit, als ein Kapitän ihm zumuten durfte, fest daran festhielt.

Während wir so dastanden, warf ich einen Blick auf das kleine *Licht der Welt*, um zu sehen, was für ein Schiff wir an Bord hatten, denn bis jetzt hatte ich kaum Gelegenheit gehabt, es zu inspizieren. Es war ein altes Schiff, wahrscheinlich vierzig Jahre alt. Das hätte ich anhand der Kabinen im Zwischendeck erraten können; aber auch ihre Breite und die Rundung ihres Buges und ein allgemein abgenutztes Aussehen, das den Falten auf dem menschlichen Gesicht entsprach, sprachen sehr deutlich für ihr Alter. Ihre Ausstattung war von der einfachsten: Es gab hier keine Messingarbeiten, die ins Auge fielen; ihre Decksmöbel waren tatsächlich so grob und schlicht wie die einer Kutter, mit Kratzern am Oberlicht, am Lukendeckel des Nebenschiffs, am Trommelfell der kleinen Achterdeckspill und an der Linie des Achterdecks und der Reling, als ob sie von Generationen von Seeleuten immer wieder zum Schneiden von Tabak verwendet worden wären. Sie hatte vorn ein sehr kurzes Vordeck, unter dem man den Bugspriet und die große Menge an Ankerwinde sah; die Schlafquartiere der Mannschaften befanden sich jedoch auf dem Deck darunter und waren nur über eine sogenannte Vorluke zugänglich, das heißt eine kleine Luke mit Deckel, die nach Belieben verriegelt und mit einem Vorhängeschloss gesichert werden konnte. Achtern der Kombüse lag das Langboot, eine gepolsterte Wanne aus Stoff wie die Mutter, deren Tochter sie war. Es ruhte in Keilen auf seinem Kiel und war an Bolzen im Deck festgebunden. Oben waren einige Ersatzbäume befestigt, aber das Boot diente jetzt nur noch als Behälter für Geflügel für den Tisch des Kapitäns. Auf beiden Seiten des Achterdecks hing ein Achterboot in Davits – einfache Konstruktionen mit spitzen Enden wie Walfangboote. Fügen Sie ein paar Details hinzu, wie eine Luke zur Aufbewahrung von Frischwasser für die Mannschaft zum Trinken; ein Geschirrfass an der Vorderseite der Kajüte, zur Lagerung des gesalzenen Fleisches für den täglichen Gebrauch; das Viereck der Großluke, mit einer Plane abgedeckt und festgezurrt; und dann die Rahen, die an den Masten befestigt waren und sich von den Marsch- zu den Royals erhoben; Spieren und Ausrüstung sahen so alt aus wie der Rest des Schiffes, obwohl die Segel neu schienen und sehr weiß schimmerten, als der Wind ihre Brüste der Sonne entgegenblähte. Und Sie haben das beste Bild, das ich Ihnen von diesem *Licht der Welt vermitteln kann* , das Helga und mich Stunde um Stunde tiefer und tiefer in das Herz des großen Atlantiks trug und das auch Schauplatz eines der seltsamsten und wildesten Ereignisse werden sollte, die diese anstrengende und verzweifelte Reise meines Lebens herbeiführten.

Kapitän Bunting ging mit einer Aufforderung an Helga, zu gehen, davon. Ich blieb noch ein paar Worte mit dem Maat wechseln, nur um höflich zu sein. Helga rief mir mit den Augen zu, sie zu begleiten, und als sie mich mit Mr. Jones sprechen hörte, gesellte sie sich zum Kapitän und ging an seiner Seite auf und ab. Ich erspähte, wie er ihr mit dem Arm eine Geste machte, aber sie schaute weg, und er ließ seine Hand fallen.

„Wenn Abraham Wise", sagte ich, „bereit ist, mit Ihnen in See zu stechen, Mr. Jones, dann werden Sie vermutlich einen sehr munteren Kerl haben, der Sie bei der Wache ablöst."

„Ja, er scheint ein guter Mann zu sein. Es ist ein Vergnügen, ein weißes Gesicht auf dem Deck dieses Schiffes herumlaufen zu sehen", antwortete er mutlos, als fände er wenig Interessantes, wenn sein Kapitän ihm den Rücken zuwandte.

„Ihre Mannschaft sieht wirklich sehr merkwürdig aus", sagte ich. „Ich glaube, ich hätte nicht den Mut, mich mit nur einem einzigen Weißen auf ein Boot voller Malayen zu begeben."

„Wir waren zu dritt", antwortete er, „aber Winstanley verschwand kurz nach unserer Abfahrt."

Während er sprach, schlug Nakier auf dem Vorschiff achtmal eine kleine silberfarbene Glocke, was acht Uhr bedeutete.

„Wer ist der kupferfarbene, finster dreinblickende Kerl am Steuer?", fragte ich und deutete auf den Mann, der am Steuer gestanden hatte, als Helga und ich am Vortag an Bord gekommen waren.

„Sein Name ist Ong Kew Ho", antwortete er. „Eine seltene Schönheit, nicht wahr?", fügte er hinzu, und ein wenig Leben kam in seine Augen. „Sein Gesicht sieht verfault aus vor Reife. Leider muss ich sagen, dass ich ihn beobachte, und er ist derjenige von allen, mit dem ich mich in einer dunklen Nacht nie wohl fühle, wenn er da ist, wo er jetzt ist, und ich allein hier bin."

„Aber die Blicke dieser asiatischen Leute drücken nicht immer ihre Meinung aus", sagte ich. „Ich erinnere mich, wie ich vor der Stadt, aus der ich stamme, an Bord eines Schiffes ging und in der Mannschaft das abscheulichste, wildeste Wesen bemerkte, das man sich vorstellen konnte: schielende Augen, eine platte Nase mit Nasenlöchern, die bis zu den Wangen reichten, schwarzes Haar, das sich wie Schlangen um seine Ohren wand, und ein Mund wie eine schreckliche Wunde; er lässt sich wirklich nicht beschreiben; doch der Kapitän versicherte mir, er sei der sanfteste und wohlerzogenste Mensch, den er je unter sich gehabt habe, und der Liebling der Mannschaft."

„Er war kein Malaye", sagte Mr. Jones trocken.

„Der Kapitän kannte sein Land nicht", sagte ich.

Hier traf Abraham ein, um das Deck zu übernehmen. Er hatte sich nach besten Kräften herausgeputzt und stieg mit einer wichtigen Miene die Leiter hinauf. Er musterte langsam, wie ein Handelsmatrose, den Horizont über die Tiefsee, blickte dann ebenso bedächtig nach oben auf die Plane, runzelte dann die Stirn vor Mr. Jones, der ihm den Kurs angab und ein paar Worte mit ihm wechselte, und verließ sofort danach das Deck, wobei er ein unbändiges Gähnen ausstieß, während er die Leiter hinabstieg.

Es war nicht meine Aufgabe, mit Abraham zu sprechen. Er hatte jetzt Dienst, und ich verstand die Disziplin der Seefahrt gut genug, um zu wissen, dass er in Ruhe gelassen werden musste. Daraufhin gesellte ich mich zu Helga und Kapitän Bunting und amüsierte mich insgeheim nicht wenig über den Seitenblick des ehrenwerten Bootsmanns, über den wissenden, konsequenten Ausdruck in seinen Augen, als sie sich in der Kompassschale blinzelnd begegneten, über seinen langsamen Blick über die Heckreling aufs Meer und das Verziehen seiner geschürzten Lippen, als er nach vorn zur Heckkante rollte und die Segel betrachtete, als ob er darauf brannte, etwas Falsches zu finden, damit er einen Befehl geben und seinen Eifer beweisen konnte.

Um halb neun läutete Punmeamootty eine kleine Glocke in der Kabine, und wir gingen hinunter zum Frühstück. Das Mahl, das war leicht zu erkennen, war das Beste, was die Speisekammer des Schiffes zu bieten hatte, und übertraf das, was normalerweise auf den Tisch kam. Es gab einen guten Schinken, ein Stück Corned Beef vom Schiff, und ich erinnere mich an ein Glas Marmelade, ein paar weiße Kekse und eine Kanne heißen Kaffee. Der farbige Steward wartete flink und mit einer einzigartigen Schnelligkeit und Begierde, wenn er sich um Helga kümmerte, die ich dabei ertappte, wie er verstohlen von der Seite anstarrte, mit einem Ausdruck in seinen feurigen, dunklen Augen, der, wie ich dachte, mehr Staunen und Respekt als Bewunderung ausdrückte. Manchmal warf er dem Kapitän einen Seitenblick zu, der einem das Gefühl gab, man hätte ein geschwungenes Messer im Kopf, so scharf, plötzlich und glänzend war dieser Blick. Mr. Jones hatte offenbar gefrühstückt und sich in seine Kabine zurückgezogen, zweifellos dankbar für die Gelegenheit, seine Beine auf einer Matratze auszustrecken.

Im Laufe des Essens erkundigte sich Helga nach der Lage des Schiffes.

„Wir sind, so gut wie möglich", antwortete der Kapitän, „auf dem Breitengrad der Insel Madeira und, grob gesagt, einige hundertzwanzig Meilen östlich davon. Aber Sie wissen, wie man die Sonne beobachtet, teilte mir Mr. Tregarthen mit. Ich habe einen Sextanten übrig, und mittags werden Sie und ich gemeinsam den Breitengrad ermitteln. Ich möchte meine Berechnung sehr gern von Ihnen bestätigen lassen", und er beugte sich zu ihr, lächelte und sah sie an.

Sie errötete und sagte, dass man sich auf ihre Berechnungen nicht verlassen könne, obwohl ihr Vater ihr die Navigation beigebracht habe. Wenn sie mir nicht gefallen wollte, hätte sie sich, glaube ich, nicht die Mühe gemacht, ihm diese Antwort zu geben, sondern fuhr kühl mit der Frage fort, die sie jetzt stellte:

„Da wir uns so nahe an Madeira befinden, Kapitän Bunting, wäre es für Sie unpraktisch, mit Ihrer Barke zu dieser Insel zu segeln, wo wir sicher ein Dampfschiff finden, das uns nach Hause bringt?"

Er schüttelte sanft mit einem Ausdruck ausdrucksloser Besorgnis den Kopf, während er gefühlvoll den Blick zu dem verräterischen Kompass über seinem Kopf hob.

„Das ist zu viel verlangt, Helga", sagte ich. „Sie müssen wissen, dass die Abweichung eines Schiffes von seinem Kurs im Falle einer Katastrophe seine Versicherungspolice ungültig machen kann."

„Ganz genau!", rief der Kapitän und neigte dankbar und lächelnd seinen Kopf zu mir.

„Außerdem, Helga", sagte ich sanft, „angenommen, wir würden bei unserer Ankunft auf Madeira einige Tage lang keinen Dampfer finden, der nach England fährt, was sollten wir dann tun? Ich fürchte, auf dieser Insel der portugiesischen Bettler gibt es keine Wohltätigkeitshäuser, und Kapitän Bunting kann leicht erraten, wie es dazu kam, dass ich meine Börse zu Hause gelassen habe."

„Ganz genau!", wiederholte er und nickte mir erneut zu, wie er es schon einmal getan hatte.

Das Thema wurde fallengelassen. Der Kapitän machte eine Bemerkung über den Teil des Ozeans, in dem wir uns befanden und der von vielen heimkehrenden Schiffen befahren wurde, und sprach dann über andere Dinge; aber was immer er sagte, obwohl direkt an mich gerichtet, schien in meinen Ohren im Namen des Mädchens gesprochen zu sein, als ob er, wenn sie nicht da wäre, wenig oder in einem anderen Tonfall sprechen würde.

KAPITEL IX.

BUNTING'S VORSCHAU-TARIF.

Als das Frühstück beendet war, verließ Helga den Tisch und ging in ihre Kabine. Punmeamootty begann, die Sachen wegzuräumen.

„Sie können weitermachen", sagte der Kapitän. „Ich rufe Sie, wenn ich Sie brauche." Ich wollte gerade aufstehen. „Einen Moment, Mr. Tregarthen", rief er. Er lehnte sich in seinem Stuhl zurück, strich sich erst über den einen Schnurrbart und dann über den anderen, während er nachdenklich über das Oberdeck blickte und lächelte, als ob ihn eine schöne, glückliche Fantasie erfüllte. In dieser Haltung hing er eine Weile im Wind, dann neigte er sich mit vertraulicher Miene zu mir und legte seine dicken Finger auf den Tisch.

„Miss Nielsen", sagte er leise, „ist eine außerordentlich attraktive junge Dame."

„Sie ist ein gutes, tapferes Mädchen", sagte ich, „und hübsch noch dazu."

„Sie nennt dich Hugh, und du nennst sie Helga – Helga! Ein sehr edler, bewegender Name – ganz wie ein Trompetenstoß, und auch etwas Biblisches, obwohl ich nicht weiß, ob er in der Heiligen Schrift vorkommt. Bitte verzeih mir. Dieser vertraute Austausch von Namen lässt vermuten, dass zwischen euch mehr sein könnte, als man auf den ersten Blick sieht, wie der Dichter bemerkt."

„Nein!", antwortete ich mit einem vor Überraschung kurzen Lachen. „Wenn Sie fragen wollen, ob wir ein Liebespaar sind, lautet meine Antwort: Nein. Wir haben uns am einundzwanzigsten dieses Monats zum ersten Mal getroffen, und seitdem haben wir so viel erlebt, dass wir keine Gefühle mehr haben können, außer dem tiefen Wunsch, nach Hause zu kommen."

„Nach Hause!", sagte er. „Aber ihr Zuhause ist in Dänemark?"

„Als ihr Vater im Sterben lag, bat er mich, auf sie aufzupassen und sie sicher nach Kolding zu bringen, wo sie, so glaube ich, Freunde hat", antwortete ich, ohne auf das kleine, halb ausgereifte Programm für sie hinzuweisen, das mir durch den Kopf ging.

„Sie ist eine Waise", sagte er, „aber sie hat Freunde, sagen Sie?"

„Ich glaube schon", antwortete ich und war kaum imstande, zu erraten, was der Mann meinte.

„Sie kennen sie seit dem einundzwanzigsten", rief er aus, „heute ist der einunddreißigste – also gerade mal zehn Tage. Nun, in dieser Zeit wird ein kluger junger Herr wie Sie viel von ihrem Charakter beobachtet haben. Ich darf wohl annehmen", sagte er und sah mir so genau ins Gesicht, wie es unsere jeweiligen Positionen am Tisch zuließen, „dass Sie sie für eine durch und durch religiöse junge Frau halten?"

„Ja, das würde ich meinen", antwortete ich. Mein Erstaunen hinderte mich nicht daran, so höflich und versöhnlich wie möglich mit diesem Mann umzugehen, der in gewissem Sinne unser Befreier war und uns als unser Gastgeber mit großer Freundlichkeit und Höflichkeit behandelte.

„Ich werde mich nicht nach ihrem Wesen erkundigen", sagte er. „Sie macht auf mich den Eindruck einer sehr liebenswerten jungen Person. Sie hat vornehme Manieren. Sie spricht mit einem gebildeten Akzent, und ich muss sagen, ihr bedauerlicher Vater hat bei ihrer Ausbildung nicht gespart."

Ich sah ihn an und fragte mich, was er als nächstes sagen würde.

„Es ist jedenfalls befriedigend zu wissen", sagte er und lehnte sich wieder in seinem Stuhl zurück, „dass zwischen Ihnen nichts ist – abgesehen von der Freundschaft, die die ganz besonderen Umstände, unter denen Sie sich kennengelernt haben, natürlicherweise hervorrufen würden." Er lag eine Weile still da und lächelte. „Darf ich annehmen", sagte er, „dass sie mittellos zurückgelassen wurde?"

„Ich fürchte, das ist so", antwortete ich.

Er meditierte erneut.

„Glauben Sie", sagte er, „dass Sie sie dazu bewegen könnten, Sie auf meinem Schiff zum Kap zu begleiten?"

„Nein!", rief ich erschrocken. „Ich konnte sie wirklich nicht dazu bewegen, und zwar aus einem sehr guten Grund: Ich selbst konnte es nicht."

„Aber warum?", rief er in seinem öligsten Tonfall. „Warum sollten Sie es ablehnen, die große Welt zu sehen, die Wunder dieses edlen Universums, wenn Sie die Gelegenheit dazu haben? Sie sollen meine Gäste sein; kurz gesagt, Mr. Tregarthen, die Rundreise soll Sie keinen Penny kosten!"

„Sie sind sehr gut!", rief ich aus, „aber ich habe meine Mutter allein zu Hause gelassen. Ich bin ihr einziges Kind, und sie ist Witwe, und ich möchte so schnell wie möglich zurückkehren, damit ihr unnötige Sorgen und Kummer erspart bleiben."

„Ein sehr angemessenes und natürliches Gefühl, angenehm zum Ausdruck gebracht", sagte er; „aber ich verstehe nicht ganz, was Ihr Wunsch, zu Ihrer Mutter zurückzukehren, mit Helga zu tun hat – ich sollte sagen, Miss Nielsen!"

Ich glaube, er hätte bei „Helga" innegehalten und nicht „Miss Nielsen" hinzugefügt, wenn er nicht diesen Ausdruck in meinem Gesicht gesehen hätte. Doch so aufgewühlt ich auch war durch diese halbherzige, unverschämte Vertraulichkeit des Mannes, so achtete ich doch darauf, meine Gefühle nicht weiter zu verraten als durch meinen Blick.

„Miss Nielsen möchte mit mir zum Haus meiner Mutter zurückkehren", sagte ich ruhig. „Sie waren so freundlich, uns zu versichern, dass es zu keiner Verzögerung kommen würde."

„Sie sind erst gestern angekommen!", rief er aus, „und bis jetzt haben wir nichts gesehen. Aber warum glauben Sie", fügte er hinzu, „dass Miss Nielsen sich nicht dazu verleiten lässt, die Rundreise mit mir in dieser Barke zu machen?"

„Sie muss für sich selbst sprechen", sagte ich, immer noch vollkommen gelassen und nicht länger im Zweifel darüber, wie die Sache mit diesem Herrn aussah.

„Sie haben keinen Anspruch auf sie, Mr. Tregarthen?", sagte er mit einem seiner höflichsten Lächeln.

„Kein Anspruch", sagte ich, „außer der Verpflichtung, die mir ihr sterbender Vater auferlegt hat. Auf seinen Wunsch hin bin ich ihr Beschützer, bis ich sie sicher bei ihren Freunden in Dänemark abliefere."

„Ganz genau", sagte er. „Aber es könnte passieren – es könnte durchaus passieren", fuhr er fort, ließ den Kopf schief fallen und strich sich über den Schnurrbart, „dass Umstände eintreten, die ihre Rückkehr nach Dänemark unter Ihren Schutz unnötig machen."

Ich sah ihn an und tat, als verstünde ich nicht.

„Nun, Mr. Tregarthen, hören Sie mal", sagte er, und seine Freundlichkeit wich für einen Augenblick der üblichen professionellen Entschlossenheit des Schiffskapitäns. „Ich möchte Miss Nielsen unbedingt näher kennenlernen und wünsche mir auch sehr, dass sie meinen Charakter sehr gut kennenlernt. Das kann nicht in ein paar Stunden geschehen, und schon gar nicht in ein paar Tagen. Sie werden mir einen großen Gefallen tun, wenn Sie die junge Dame überreden, auf diesem Schiff zu bleiben. Es gibt nichts zwischen Ihnen … Ganz genau. Sie ist eine Waise, und nach dem, was Sie mir sagen, besteht Grund zur Befürchtung, dass sie vergleichsweise ohne Freunde sein wird. Wir alle müssen uns das Wohlergehen einer so süßen und liebenswerten Frau wünschen. Es kann sein", rief er mit einem außergewöhnlich tiefen Lächeln aus, „dass sie in wenigen Tagen einwilligt, sich von Ihnen zu verabschieden und die Reise allein mit mir fortzusetzen."

Ich sah ihn mit geöffneten Augen an, sagte aber nichts.

„Ein paar Tage mehr oder weniger Abwesenheit von zu Hause", fuhr er fort, „können Ihnen nicht viel bedeuten. Angesichts Ihres tugendhaften, ehrenhaften und heldenhaften Verhaltens haben wir das Recht zu hoffen, dass die Vorsehung sich um Ihre liebe Mutter kümmert, für die Sie, daran können wir nicht zweifeln, pünktlich, morgens und abends, beten. Aber ein paar Tage können einen großen Unterschied in Miss Nielsens Zukunft machen; und angesichts der feierlichen Verpflichtung, die ihr sterbender Vater Ihnen auferlegt hat, sollte es Ihre Pflicht sein, Mr. Tregarthen, ihre Interessen zu fördern, wie unbequem dies auch für Sie sein mag."

Glücklicherweise verschaffte mir sein weitschweifiges Gerede Muße zum Nachdenken. Ich hätte ihm hitzig antworten können; ich hätte ihm die Wahrheit ganz unverblümt sagen können; ich hätte ihm sagen können, dass seine Worte mir klar machten, dass ich mehr für Helga empfinde, als mir zwanzig Minuten zuvor bewusst gewesen war. Aber jeder Instinkt in mir schrie „Vorsicht!" zu der Truppe von Gefühlen, die durch meinen Kopf rasten, und ich beäugte ihn weiterhin kühl und sprach mit einer gut gespielten Sorglosigkeit.

„Ich nehme an, Captain Bunting", sagte ich, „dass Sie Miss Nielsen nicht daran hindern werden, Ihr Schiff zu verlassen, falls sie weiterhin darauf besteht?"

„Das ist der Wunsch, den ich auslöschen möchte", sagte er. „Ich glaube, das lässt sich tun."

„Bitte bedenken Sie", sagte ich, „dass Miss Nielsen überhaupt nicht für eine ein- oder zweiwöchige Seereise ausgerüstet ist, ganz zu schweigen von einer Rundreise, die Monate dauern muss."

„Ich verstehe Sie", antwortete er und machte eine Handbewegung. „Aber die Schwierigkeit lässt sich leicht lösen. Die Kanarischen Inseln sind nicht weit entfernt. Santa Cruz wird alle ihre Bedürfnisse befriedigen. Mein Geldbeutel steht ihnen voll und ganz zur Verfügung. Und was Sie betrifft, Mr. Tregarthen, so würde ich Ihnen gern einen angemessenen Betrag vorstrecken, damit Sie Ihre wenigen Bedürfnisse befriedigen können."

„Sie sind sehr freundlich", sagte ich, „aber ich fürchte, wir müssen Sie bei der ersten Gelegenheit bitten, uns umzuschiffen."

Sein Lächeln verriet einen Anflug von Zorn, der kein Stirnrunzeln war, und deshalb weiß ich nicht recht, wie ich ihn ausdrücken soll.

„Sie werden darüber nachdenken", sagte er. „Die Zeit drängt nicht. Aber wir werden keinen anderen Hafen finden, der so günstig gelegen ist wie Santa Cruz."

Während er diese Worte aussprach, betrat Helga die Koje. Er stand sofort auf, verbeugte sich vor ihr und lächelte, sagte aber nicht mehr, als dass er hoffte, bald zu uns an Deck zu kommen. Dann betrat er seine Koje.

Helga kam ganz nah an mich heran und musterte einen Augenblick lang schweigend mein Gesicht mit ihren sanften Augen.

„Was ist los, Hugh?", fragte sie.

Ich sah sie besorgt und ernst an und wusste noch nicht, was ich ihr antworten sollte, ob ich ihr das Geschehene verheimlichen oder erzählen sollte. Ich war mehr erstaunt als verärgert und mehr beunruhigt und verwirrt als beides. Hier war eine Verwicklung, die ein Publikum in einer Komödie sehr amüsieren könnte, die aber in Wirklichkeit eine der schwerwiegendsten und gefährlichsten Komplikationen war, die uns nur passieren konnten. Mit der Geschwindigkeit des Denkens, selbst während die Augen des Mädchens auf meinen ruhten und sie auf meine Antwort wartete, dachte ich – erstens, dass wir in der Gewalt dieses Kapitäns waren, was seine Gefangenhaltung anbelangte, während sein Schiff auf See blieb; zweitens, dass er sich in Helga verliebt hatte; dass er vorhatte, sie zu gewinnen, wenn er konnte; dass seine Selbstgefälligkeit ihn zutiefst hoffnungsvoll stimmen würde und dass er uns unter dem einen oder anderen Vorwand weiterhin an Bord seines Schiffes behalten würde, in der Überzeugung, dass seine Chance in der Zeit lag, mit der weiteren Hilfe, die ihm aus ihrer Situation als Waise und Mittellose zuteil werden würde.

„Was ist los, Hugh?"

Der plötzliche, mutige, entschlossene Ausdruck auf dem Gesicht des Mädchens, als hätte sie eine Gefahr gewittert und sich darauf vorbereitet, bestärkte mich darin, ihr die Wahrheit zu sagen.

„Kommen Sie an Deck!", sagte ich.

Ich nahm ihre Hand und wir gingen die kleine Begleittreppe hinauf.

Abraham stand neben dem Steuerrad und wechselte ein paar Worte mit der Gelbhaut, die das grimmig dreinblickende Geschöpf vom Morgen zuvor ersetzt hatte. Die Sonne war warm, und der Himmel war eine schöne, klare, blaue Kuppel, hier und da gesprenkelt von Resten des Wolkengewirrs, das sich nach Westen und Norden gelegt hatte. Die Brise war sanft und schmeichelnd, mit einem Hauch von tropischem Atem und äquatorialem Meeresduft, und die Barke mit dem runden Bug glitt mit etwa vier bis fünf Meilen pro Stunde dahin, mit dem brodelnden Geräusch brechender Wellen neben ihr. Es war nichts zu sehen. Zwei oder drei kupferfarbene Männer hockten mit Handflächen und Nadeln in den Händen auf einem Segel, das entlang der Mitte gespannt war; Nakier stand auf dem Vorschiff, eine gelbe

Pfote am Mundwinkel, und rief in irgendeiner asiatischen Sprache einem der Mannschaftsmitglieder in den Salingen der Fockmars Anweisungen zu. Ich erblickte Jacob, der nicht im Dienst war. Er lehnte neben der Tür der Kombüse und unterhielt sich offenbar mit einem Mann darin. Er nickte oft und machte gelegentlich eine Art abwinkende Handbewegung, paffte gemächlich und genoss den Sonnenschein. Als er uns erblickte, salutierte er mit einer schwungvollen Faust. Dies war das kleine Bild der Bark, wie ich es in Erinnerung hatte, als ich an diesem Morgen mit Helga an Deck ging.

Ich brachte sie nach Lee, in die Nähe des Achterboots, außer Hörweite von Abraham und dem Steuermann.

„Also, was ist es, Hugh?", sagte sie.

„Warum solltest du annehmen, dass etwas nicht stimmt, Helga?"

„Ich sehe Sorge in Ihrem Gesicht."

„Nun", sagte ich, „so steht die Sache genau", und dann erzählte ich ihr, so gut ich mich erinnern konnte, jeden Satz der Unterhaltung mit dem Kapitän. Sie errötete, wurde blass und errötete erneut; die Schatten von einem Dutzend Gefühlen huschten in rascher Folge über ihr Gesicht, und die stärkste unter ihnen war Bestürzung.

„Sie waren verärgert über mich, weil ich nicht höflich genug zu ihm war", sagte sie, „und Sie würden nicht verstehen, dass es umso schlimmer zwischen uns sein könnte, je höflicher ich war. Solch ein eingebildetes, dummes Geschöpf würde sich leicht irren."

„Könnte ich mir vorstellen, dass er in dich verliebt war?"

„Sag das nicht noch einmal!", rief sie mit angewidertem Gebaren und tat so, als wolle sie sich die Ohren zuhalten.

„Wie hätte ich das erraten können?", fuhr ich fort. „Sein Verhalten schien mir voller Güte und Gastfreundschaft zu sein, und er war erfreut, mit uns reden zu können, und zeigte sich Ihnen gegenüber höflich wie gegenüber einem Mädchen, das einen Schiffbruch erlitten und die Strapazen des Ozeans überstanden hat."

„Kommt denn kein Schiff?", rief sie und blickte aufs Meer. „Der Gedanke, auf diesem Schiff zu bleiben, meine Gefühle vor diesem Mann aus politischen Gründen verbergen zu müssen, gezwungen zu sein, in seiner Gesellschaft zu sitzen und ihm zuzuhören, sein Lächeln zu sehen und seine Aufmerksamkeiten und Komplimente entgegenzunehmen, wird mir jetzt unerträglich!" Und sie stampfte leicht mit dem Fuß auf das Deck.

„Wussten Sie, dass Sie so faszinierend sind?", sagte ich und sah sie an. „In weniger als einem Tag haben Sie diesen blassen, stämmigen Kapitän auf die

Beine gebracht. In weniger als einem Tag! Ihr Charme hat die Kraft von Prosperos Magie. In „Der Sturm" verlieben sich Ferdinand und Miranda tief ineinander, geben sich die Treue, schnattern und gurren und spielen Schach – und das alles innerhalb von drei Stunden. Ich fürchte, dieses kleine Schiff verspricht, Schauplatz eines weiteren „Sturms" zu werden."

„Warum haben Sie ihm nicht klargemacht, ihm nicht entschieden *klargemacht* , dass es unsere Absicht ist, mit dem ersten Schiff nach England zurückzukehren?", rief sie aus, wobei ihre blauen Augen glühten, ihre Wangen leicht rot wurden und ihre Nase zitterte.

„Unverblümtheit reicht nicht aus. Wir dürfen diesen Mann nicht zum Feind machen."

„Aber man sollte ihm klarmachen, dass wir vorhaben, nach Hause zu gehen, und dass seine Ideen –" Sie brach ab, wurde plötzlich scharlachrot und blickte über die Reling auf das Meer hinunter, wobei ihre weißen Zähne auf der Unterlippe, auf die sie biss, zu sehen waren.

„Helga", sagte ich und berührte sanft ihre Hand, „du bist ein besserer Seemann als ich. Was ist zu tun?"

Sie sah mich erneut an, ihre blauen Augen waren durch die unterdrückten Tränen, die neben ihnen lagen, verdunkelt.

„Sehen wir der Sache offen ins Auge", fuhr ich fort. „Er ist in Sie verliebt." Sie stampfte zum zweiten Mal mit dem Fuß auf und biss sich auf die Lippe. „Ich *muss* es sagen, denn darin liegt die Schwierigkeit. Indem er Sie an Bord behält, hofft er, dass Sie ihn mögen und dann vielleicht auf ihn hören. Mich wird er vorläufig auch behalten – nicht, weil er meine Gesellschaft überhaupt wünscht, sondern weil er annimmt, dass Sie in Ihrer gegenwärtigen Stimmung oder vielmehr Geisteshaltung nicht ohne mich oder zumindest nicht mit ihm allein bleiben würden."

Ihr ganzes glühendes Gesicht hauchte ein heftiges „Nein!"

„Er muss nicht mit vorbeifahrenden Schiffen sprechen, es sei denn, er möchte es", fuhr ich fort. „Und ich zweifle nicht daran, dass er nicht die Absicht hat, mit vorbeifahrenden Schiffen zu sprechen. Was dann? Wie kommen wir nach Hause?"

Ihr Gesichtsausdruck wurde weicher und ließ einen Ausdruck ernsten Nachdenkens erkennen.

„Wir müssen ihn dazu bringen, sein Schiff nach Santa Cruz zu steuern", rief sie aus.

„Dann müssen Sie eine Rolle spielen", sagte ich nach kurzem Überlegen. „Er ist kein Narr. Können Sie ihn davon überzeugen, dass Sie es ernst meinen, mit diesem Schiff zum Kap zu fahren? Wenn nicht, wird seine lange Nase die List wittern und Santa Cruz in ein paar Tagen weiter entfernt sein als jetzt."

Sie dachte nach und rief aus: „Ich muss etwas unternehmen, wenn wir von diesem Schiff wegkommen wollen. Welche bessere Chance haben wir als Santa Cruz? Wir müssen an Land gehen, um unsere Einkäufe zu erledigen, und wenn wir an Land sind, müssen wir dort anhalten. Doch was für eine entwürdigende, was für eine lächerliche, was für eine erbärmliche Lage!', rief sie. „Ich würde mich mit meinen Nägeln hässlich machen, um dem ein Ende zu setzen!" und mit einer dramatischen Geste, zu der ich das kleine, sanfte Geschöpf für unfähig gehalten hätte, legte sie ihre Finger an ihre Wangen.

Abraham patrouillierte jetzt das Deck in Luv, warf einen wichtigen Blick auf die Segel und dann auf die Seelinie. Er würde in diesem gedämpften Gespräch zwischen Helga und mir in Lee sicherlich nichts finden, was seine Neugier weckte. Ich hatte Lust, ihn zu rufen und unsere neue und erstaunliche Situation zu erklären, dachte dann aber: „Nein, lass uns zuerst einen Plan austüfteln; dann wird er uns besser helfen, wenn er überhaupt helfen kann." Ich lehnte mich mit verschränkten Armen an die Reling und dachte tief nach. Helga behielt mich im Auge.

„Wir sollten nicht so intrigieren, als wäre Captain Bunting ein Schurke!", sagte ich.

„Er ist ein Schurke gegenüber seinen Männern!", antwortete sie.

„Für uns ist er kein Schurke! Was uns an ihm nicht gefällt, ist seine Bewunderung für dich. Aber das macht ihn noch lange nicht zu einem Schurken!"

„Er hat versprochen, uns auf das erste Schiff zu bringen, das vorbeikommt!", sagte sie.

„Werden Sie gut beraten sein, eine Rolle zu spielen?", rief ich aus. „Sie sind zu offenherzig, von zu süßer, echter Natur; Sie könnten nicht schauspielern; Sie könnten ihn nicht täuschen!", sagte ich kopfschüttelnd.

Die Genugtuung, die meine Worte ihr bereiteten, stieg ihr in Form eines kleinen Lächelns ins Gesicht, das für einen Moment wie ein Licht dort blieb.

„Wie offen und süß ich bin, weiß ich nicht", sagte sie arglos, „aber ich liebe Ihr Lob!"

„Madeira ist dort drüben", sagte ich und nickte nach Westen, „nach der Berechnung unseres Freundes einige hundert Meilen entfernt. Wenn das so ist, müssen die Kanaren selbst bei diesem langweiligen Tempo in zwei oder drei Tagen leicht zu erreichen sein. Tatsächlich könnten wir morgen

Nachmittag den Gipfel von Teneriffa blau am Himmel über dem Bug sehen. Wir könnten den Kapitän in dieser Zeit nicht glauben machen, dass wir, die wir vor lauter Angst, nach England zurückzukehren, plötzlich unsere Meinung geändert haben und bereit sind, mit seinem Schiff dorthin zu segeln, wohin auch immer er unterwegs sein mag. Er würde sich sagen: „Sie wollen, dass ich nach Santa Cruz steuere, wo sie an Land gehen und mich zurücklassen.'"

„Ja, das ist wahrscheinlich", sagte das Mädchen.

„Wir dürfen nicht spekulieren und planen, als wäre er ein Schurke", wiederholte ich. „Ich glaube, wir verhalten uns am sichersten, als hätten wir keine Zweifel daran, dass er uns versetzen wird, wenn sich die Gelegenheit bietet, und wir müssen unablässig unsere Sorge zum Ausdruck bringen, nach Hause zu kommen."

„Das wird von uns ehrlich gemeint sein", sagte Helga, „und ich würde auch lieber so handeln. Er wird bald merken", fügte sie errötend hinzu, „dass er die Reisekosten nur erhöht, indem er uns aufhält."

„Er ist kein Schurke", sagte ich, „er meint es sehr ehrlich; er möchte Sie zu seiner Frau machen." Sie hob die Hand. „Bewunderung hat bei ihm flinke Füße. Ich habe von Liebe auf den ersten Blick gehört, aber bisher kaum daran geglaubt." Ihre Augen flehten mich an, still zu sein, aber ich fuhr fort, getrieben, glaube ich, von einem kleinen Anflug von Eifersucht, aufgrund des Gedankens, dass dieser Kapitän in sie verliebt war, was mir das Gefühl gab, dass ich sie auch immer mehr mochte. „Aber seine Ideen sind die eines ehrenhaften, frommen Mannes", sagte ich. „Er ist Witwer – seine Tochter führt ein einsames Leben zu Hause – er weiß so viel über Sie, wie er herausfinden konnte, indem er uns beide mit Fragen bombardierte. Er ist sicherlich kein schöner Mann, aber –" Hier hielt ich inne.

Sie starrte mich mit einem erschrockenen Ausdruck an.

„Oh, Hugh!", rief sie mit rührender Klage in Stimme und Miene, „du wirst mein Freund bleiben!"

„Was habe ich gesagt oder getan, das dich daran zweifeln lässt, Helga?"

„Was würden Sie raten?", fuhr sie fort. „Wollen Sie auf seiner Seite stehen?"

„Gott bewahre!", sagte ich hastig.

Sie wandte sich dem Meer zu, um ihr Gesicht zu verbergen.

„Helga", sagte ich leise, denn es gab keine Möglichkeit für mehr Zärtlichkeit, als Worte es ausdrücken konnten, während Abraham das Deck in Windrichtung schleppte und ein Paar dunkler Augen am Steuer uns oft ansah. „Es tut mir leid, dass ich eine Silbe ausgesprochen habe, die dich verärgert hat. Wie sehr ich dein Freund bin, würdest du wissen, wenn du in mein Herz sehen könntest."

Sie sah mich schnell an, mit Tränen in den Augen, aber auch mit einem dankbaren Lächeln. Ich wollte gerade etwas sagen.

„Psst!", rief sie und ging geradewegs nach achtern, wobei sie die Hand an die Stirn legte, als ob sie etwas am Horizont hinter sich erspäht hätte.

„Ein herrlicher Tag – richtig tropisch", rief der Kapitän und stieg von der Achterleiter herauf. „Was sieht Miss Nielsen?"

„Sie ist immer auf der Suche nach einem Segel", sagte ich.

„Darf ich davon ausgehen", sagte er, „dass Sie ihr mitgeteilt haben, was zwischen uns vorgefallen ist?"

„Captain", sagte ich, „Sie fragen und erwarten vielleicht zu viel. Sie waren verheiratet; Sie müssen sich also, wie die Seeleute sagen, besser auskennen als ich, der noch nie verliebt war. Ich kann Ihnen nur versichern, dass Miss Nielsen es kaum erwarten kann, mit mir nach England zurückzukehren."

„Es wäre unvernünftig von mir, im Augenblick etwas anderes zu erwarten", sagte er.

Er verließ mich und gesellte sich zu Helga, und ich schloss aus den Bewegungen seiner Arme, dass er über die Schönheit des Morgens sprach. Bald ging er nach unten und kam sehr bald darauf zurück, einen kleinen Klappstuhl und einen Baumwollschirm tragend. Er stellte den Stuhl in die Nähe des Oberlichts. Helga setzte sich und nahm ihm den Schirm ab, dessen Schatten sie vielleicht zu schätzen wissen würde, denn die Sonne stand jetzt hoch am Himmel – das Licht war warm, und der Wind hatte nichts, was die Strahlen des Himmelskörpers hätte abschwächen können. Der Kapitän bot mir mit einem milden Lächeln eine Zigarre an, zündete sich selbst eine an und ruhte sich in sorgloser, fließender Haltung auf dem Oberlicht neben Helga aus; seine langen Backenbarte bewegten sich wie Rauch auf seiner Weste im Wind, seine weiten Hosen aus blauem Serge kräuselten sich, sein Kinn schien zwischen den Spitzen seines Kragens hin und her zu rollen, als ob es in Bewegung wäre. Offensichtlich war sein Studium der Haltung von einer Theorie der sorglosen, jugendlichen, seemannhaften Eleganz beseelt; Dennoch entsprach noch nie ein Seemann so sehr den Vorstellungen eines West-End-Friseurs.

Er war betont höflich und bemühte sich außerordentlich, sich zu empfehlen. Ich konnte nicht erkennen, dass es ihn im Geringsten verlegen machte, dass ich Helga sein Gespräch erzählt hatte, obwohl ihr Verhalten ihm die Gewissheit gegeben haben musste, dass ich ihr alles erzählt hatte. Er war jedoch klug genug, um zu erkennen, dass sie eher in der Stimmung war, zuzuhören als sich etwas vormachen zu lassen, und so wandte er sich hauptsächlich an mich. Er stellte mir viele Fragen zu meinen Erfahrungen mit dem Rettungsboot. Insbesondere wollte er wissen, ob ich glaubte, dass mein Boot, das bei dem Versuch, Miss Nielsen und ihren bedauerten Vater zu retten, zerstört worden war, ersetzt würde.

„Sollte ein Fonds aufgebracht werden“, rief er aus, „bitte ich, dass mein Name nicht ausgelassen wird. Meine bescheidene Guinee steht ganz im Dienste der edlen Sache, die Sie vertreten. Und zu welchem großen Ziel könnte eine bescheidene Guinee nicht beitragen! Sie könnte helfen, viele elende Seelen vor dem Verderben zu retten, das sie sonst erwarten würde, wenn sie ertrinken würden, ohne Zeit zur Reue zu haben. Dies trifft leider auf Seeleute zu, Mr. Tregarthen. Kaum ein Seemann kommt auf See um, der nicht viele Jahre eines frommen Lebens benötigte, um sich von seinen zahlreichen Lastern zu befreien. Eine bescheidene Guinee könnte auch vielen Kindern das Elend ersparen, vaterlos zu sein, und sie könnte Sonnenschein in bescheidene Familien bringen, indem sie Ehemänner zu ihren Frauen zurückbringt. Sie würden mich gern für eine bescheidene Guinee eintragen.“

Ich dankte ihm, als würde ich annehmen, dass er es ernst meinte.

„Ich hoffe, Sie werden nie wieder das Kommando über ein Rettungsboot übernehmen“, sagte Helga.

„Warum nicht? Mir gefällt die Arbeit“, antwortete ich.

„Sehen Sie, wohin es Sie gebracht hat“, sagte sie.

„In den Genuss der Gesellschaft und Freundschaft von Miss Helga Nielsen!“, rief der Kapitän. „Herr Tregarthen wird *diese* Erfahrung sicher nicht bereuen.“

„Ich fühle, dass ich für seine Anwesenheit hier verantwortlich bin, Captain Bunting“, sagte sie, „und ich werde weiterhin elend sein, bis wir nach England reisen.“

„Ich würde gern wenden und nach Hause segeln, um Ihnen einen Gefallen zu tun“, rief der Kapitän aus, „aber da wäre eine Überlegung: *nicht* der finanzielle Verlust, der sich daraus ergeben würde – oh nein, nein!“, fügte er hinzu und schüttelte langsam den Kopf. „Das würde mich zu schnell von einer Kameradschaft trennen, in der ich mich glücklich fühle.“

Sie biss sich auf die Lippe und blickte mit einem Gesicht voller Bestürzung und Kummer nach unten, während er sie musterte, als suchte er nach Anzeichen von Befriedigung.

„Die Kanarischen Inseln sind, glaube ich, nur eine kurze Segelfahrt entfernt, Kapitän“, sagte ich.

„Das sind sie“, antwortete er.

„Ich denke, es würde keinen Umweg bedeuten, wenn Sie von einem Hafen dort aus anlegen – in Santa Cruz anlegen – und uns in einem Ihrer ausgezeichneten Achterboote an Land schicken.“

„Das würde mir keine Zeit lassen“, antwortete er ohne das geringste Zögern und sprach und lächelte auf die höflichste und höflichste Art und Weise, die man sich vorstellen kann, „um Sie und Miss Nielsen zu überreden, mich zu begleiten.“

„Aber wohin soll ich Sie begleiten, Captain?“, rief ich und wurde warm.

„Zum Kap“, antwortete er.

„Ja, zum Kap“, sagte ich, „aber ich habe verstanden, dass Sie dort anlegen würden, um eine kleine Ladung zu löschen und auf Befehle zu warten.“

„Sie drücken es nicht ganz richtig aus“, sagte er, und sein Akzent und sein Ausdruck klangen noch immer bis zum Äußersten schmierig. „Ich besitze den größten Teil dieses Schiffes, und meine Befehle sind meine Interessen. Wenn ich diese Ladung gelöscht habe, muss ich mich nach einer anderen umsehen.“

„Ja“, sagte ich, „und wenn Sie es haben, wohin wird es Sie tragen?“

„Ach!“, rief er seufzend aus, „wer kann die Zukunft voraussehen? Aber wer *würde* sie voraussehen? Verlassen Sie sich darauf, junger Herr, dass menschliche Blindheit – ich meine intellektuelle Blindheit –“, fuhr er fort; aber ich war nicht in der Stimmung, mir eine Reihe fader, nasal ausgesprochener Gemeinplätze anzuhören.

„Um es kurz zu machen, Kapitän Bunting –“ sagte ich und spürte einen Impuls in den sanften, aber glühenden Augen, die Helga auf mich richtete. Doch bevor ich fortfahren konnte, kam Abraham von der kleinen Messingreling, die den Bruch des Achterdecks schützte.

„Bitte um Verzeihung, Sir“, sagte er zum Kapitän. „Dass dieser Bursche Nakier sich erlaubt hat, ein paar Worte mit Ihnen zu sprechen.“

„Wo ist er, Wise?“, fragte der Kapitän und lächelte dem Bootsmann ins Gesicht.

„Er wartet unten auf dem Achterdeck, Sir.“

'Ruf ihn an.'

Der „Chef" stieg die Leiter hinauf. Wieder einmal war ich beeindruckt von der Bescheidenheit und Sanftheit seines hübschen Gesichts. Seine feinen, dunklen Augen funkelten, als er näher kam, ohne jedoch seinen sanftmütigen Ausdruck zu beeinträchtigen. Er nahm seine seltsame alte Soldatenmütze ab und blickte einen Augenblick lang ernst von mir zu Helga, bevor er seinen dunklen, aber strahlenden Blick auf den Kapitän richtete.

„Was jetzt, Nakier?"

„Dere's Goh Syn Koh sagt, das Abendessen der Männer heute ist genauso wie gestern", sagte der Mann.

„Sie meinen Schweinefleisch-Erbsensuppe?"

„Jaaa, Sir", antwortete der Kerl und nickte mit der östlichen Schnelligkeit seiner Geste.

„Genau so. Schweinefleisch und Erbsensuppe. Sie haben gestern Ihr Taschengeld über Bord geworfen. Ich habe nicht angeordnet, dass Sie zur Strafe zwei Tage hintereinander Schweinefleisch und Erbsensuppe bekommen! – oh nein, nein!", fuhr er fort, und ein fettiges Kichern kam sozusagen aus dem Herzen seines Kinns. „Was? Eine Mannschaft bestrafen, indem man ihr reichlich zu essen gibt? Nein, nein! Ich möchte nur, dass Sie und der Rest von Ihnen wissen, dass ich der Kapitän dieses Schiffes bin und dass ich meinen Willen durchsetzen muss!"

„Das ist in Ordnung", rief Nakier. „Da sagt niemand nein. Aber wir essen kein Schweinefleisch. Wir essen lieber Dreck. Wir essen keine Erbsensuppe. Das ist Schweinefleischsoße. Wir trinken lieber Teer."

„Können Sie sich eine solche Bigotterie, einen solchen Aberglauben bei Männern vorstellen, denen es in Wirklichkeit nicht völlig an Verstand mangelt, Miss Nielsen?", rief der Kapitän und wandte sich an Helga.

Sie wandte den Blick von ihm ab.

„Nakier", fuhr er fort, „wissen Sie, mein guter Freund, es muss einen Anfang geben. Haben Sie schon einmal Schweinefleisch gegessen?"

„Nein, Sir, das ist gegen meine Religion!", rief der Mann heftig.

„Eure Religion!", rief der Kapitän. „Ach, armer Mann! Es ist keine Religion – es ist Aberglaube der beklagenswertesten Art! Und da jeder Kapitän als Vater seiner Mannschaft gilt, ist es meine Pflicht als euer Vater, euch, meine Kinder, für den Moment zur Erkenntnis der Wahrheit zu bringen!" Er warf Helga einen Seitenblick zu und fuhr fort: „Ihr werdet damit beginnen, dass jeder von euch einen Bissen Schweinefleisch isst. Ich erwarte nicht viel – nur einen Bissen pro Person für den Anfang. Dann könnt ihr mit einer Mahlzeit aus gesalzenem Rindfleisch fortfahren. Der erste Schritt ist alles. Meine Idee ist, mich mit einem Aberglauben nach dem anderen auseinanderzusetzen. Warum sollte Schweinefleisch nicht für euch geeignet sein? Es ist gut für diese Dame; es ist gut für mich; für diesen Herrn; für Wise dort. Sind wir euch unterlegen, Nakier, dass wir bereit sind zu essen, was ihr und meine arme dunkle Mannschaft – dunkel im Geist wie in der Haut – zu verachten vorgebt?"

„Wir dürfen kein Schweinefleisch essen", sagte der Mann.

„Oh, das glaube ich. Du wirst es versuchen?"

„Nein, Sir, nein!" Als er diese Worte aussprach, lag ein scharfes, wildes Funkeln in seinen Augen, ein Ausdruck, der seinem Gesicht verzweifelt widersprach, und sein Blick auf den Captain war jetzt ein unerschütterlicher Blick.

„Ich möchte", fuhr der Kapitän sehr höflich fort, „Ihre bedauerlichen Vorurteile loswerden, so wie ich eine Speckseite ausradieren würde – Scheibe für Scheibe." Das sagte er mit einem weiteren anzüglichen Blick auf Helga. „Ich kenne Ihren Glauben ein wenig. Sie müssen sich nur darüber im Klaren sein, dass ich das, was ich tue, im besten Interesse meiner Mannschaft tue, und dann habe ich jede Hoffnung, dass Sie mir zuhören und Sie alle in nachdenkliche Christen verwandeln, bevor wir Kapstadt erreichen."

„Geben Sie uns heute Rindfleisch, Sir?"

„Das glaube ich nicht, und wenn Sie Ihr Taschengeld über Bord werfen, bekommen Sie morgen wieder Schweinefleisch."

„Wir haben Ihre Artikel nicht aus diesem Grund unterschrieben", sagte der Mann, der Englisch mit starkem Akzent sprach.

„Die Artikel sorgen für bestimmte Nahrungsmittel", antwortete der Kapitän, „und diese Nahrungsmittel werden Ihnen in sehr großen Mengen serviert. Sie werden versuchen – Sie werden versuchen, dieses Schweinefleisch zu essen; und wenn ich erfahre, dass jeder von Ihnen einen Bissen heruntergeschluckt hat, werden Sie feststellen, dass ich in anderer Hinsicht nachsichtig bin und bereit bin, den einzigen Weg einzuschlagen, der zu Ihrer Rettung führen kann."
„Sie geben uns heute kein Rindfleisch, Sir?", sagte der Mann kopfschüttelnd.
„Ja, aber zuerst muss ich erfahren, dass Sie das Schweinefleisch gegessen haben. Auf der Suppe bestehe ich nicht, aber das Schweinefleisch müssen Sie essen!"
„Nein, Sir!"
„Sie können weitermachen!"
„Wir haben für Fleisch unterschrieben, Sir. Mit Keksen können wir nicht arbeiten!"

„Fleisch habt ihr, und ausgezeichnetes Fleisch noch dazu! Es ist meine Aufgabe, euch zu Christen zu machen. Dieser kleine Kampf ist natürlich. Ihr könnt weitermachen, sage ich!"

Helga rang nach Luft, als hätte sie plötzlich einen hysterischen Kloß im Hals und rief: „Kapitän, lassen Sie diese Männer nicht verhungern! Geben Sie ihnen die Nahrung, die ihnen ihre Religion erlaubt!"

Er sah sie einen Moment oder zwei schweigend an. Es war schwer, seine Gedanken unter diesem starren Lächeln zu erraten, aber es schien mir, als ob in diesen wenigen Augenblicken des Innehaltens ein wirklich erbitterter Gedankenkonflikt in ihm stattfand.

„Ich kenne meine Pflicht!", rief er aus. „Ich weiß, was hier meine Verantwortung ist: was von mir erwartet wird!" Er dachte noch einmal nach. „Ich werde Rechenschaft ablegen müssen für mein Verhalten, und menschliche Schwäche wird denen nicht verziehen, die wissen, was Recht ist, und die in der Lage sind, das Recht zu verteidigen, durchzusetzen und zu bestätigen." Er hielt wieder inne, dann sagte er leise zu Helga: „Um deinetwillen!" Er wandte sich an Nakier. „Diese Dame wünscht, dass die Mannschaft die Nahrung bekommt, die sie aufgrund ihres schwarzen und bösen Aberglaubens zu essen bekommt. So sei es – für heute. Der Koch soll in Mr. Jones' Kabine gehen und den Schlüssel für das Geschirrfass holen."

Ohne ein Wort drehte sich der Mann um und ging weiter.

Der Kapitän blickte Helga an, während er nachdenklich an seinen Schnurrhaaren zog.

„Es ist durchaus möglich", sagte er, „dass Sie mit dem Charakter der Religion, die ich bei meinen armen, düsteren Mitgeschöpfen zu korrigieren versuche, nicht sehr vertraut sind."

„Ich vermute, sie sind in ihrem Glauben sehr glücklich", antwortete sie.

Er zog die Augenbrauen hoch, breitete seine Weste aus und holte tief Luft, um einen seiner langweiligen Gemeinplätze von sich zu geben, aber in diesem Augenblick wurde sein Blick von der Uhr unter dem Oberlicht abgelenkt.

„Ha!" rief er, „ich muss meinen Sextanten holen, es ist schon fast Mittag. Ich bringe Ihnen ein Instrument mit, Miss Nielsen, wir werden zusammen die Sonne fotografieren."

„Nein, bitte", rief sie.

Er flehte ein wenig, aber ihr „*Nein*" war so entschieden ausgesprochen, dass er sich mit einer sanften Handbewegung begnügte und nach unten ging.

„Was ist zu tun?", flüsterte Helga. „Wir werden ihn nicht dazu bewegen können, uns in Santa Cruz an Land zu bringen. Meinen Sie, er ist verrückt?"

„Nicht mehr als ich", sagte ich. „Ein Beruf genügt dem Kerl nicht. Es gibt andere wie ihn in meinem Land Großbritannien. Was für ein Kapitän, das ist klar! Wie gut er spricht – ich meine für einen Kapitän! Er beherrscht die Worte. Ich wette, er hat in seinem Leben mehr als nur ein Floß zum Echo gebracht. Und er ist auch aufrichtig. Ich habe gesehen, wie er sich wehrte, als Sie darum baten, dass die Männer ihr Stück Rindfleisch bekommen sollten."

„Wie soll ich ihm klarmachen", sagte sie, „dass ihm nichts folgen kann, wenn er uns hier festhält?"

„Auf jeden Fall", rief ich aus, „können wir nichts tun, bis wir ein Schiff sehen, das Kurs auf die Heimat nimmt."

„Das stimmt", antwortete sie.

„Wir sind gestern an Bord gekommen", fuhr ich fort, „da nichts gesichtet wurde. Daher hätte er uns, egal wie die Laune des Mannes sein mag, bis zu diesem Moment nicht auf die Heimreise bringen können. Aber da kommt er."

Er stieg mit einem Sextanten in der Hand durch die Luke zum Nebenschiff, trat auf die Wetterseite des Decks und begann, die Sonne anzustarren, die über dem Wetterbug brannte.

ENDE VON BAND II.

www.ingramcontent.com/pod-product-compliance
Lightning Source LLC
Chambersburg PA
CBHW051454130726
47987CB00005B/2311